七绝二百首
——史啸虎诗选

中国出版集团公司
華文出版社

图书在版编目（CIP）数据

七绝二百首：史啸虎诗选 / 史啸虎著 . -- 北京 : 华文出版社，2020.1

ISBN 978-7-5075-5266-9

Ⅰ . ①七… Ⅱ . ①史… Ⅲ . ①诗集—中国—当代 Ⅳ . ① I227

中国版本图书馆 CIP 数据核字（2020）第 007895 号

七绝二百首——史啸虎诗选

著　　者： 史啸虎
责任编辑： 潘　婕
出版发行： 华文出版社
社　　址： 北京市西城区广外大街 305 号 8 区 2 号楼
邮政编码： 100055
网　　址： http://www.hwcbs.com.cn
电　　话： 总 编 室 010-58336239　发行部 010-58336238
责任编辑 010-63429159
经　　销： 新华书店
印　　刷： 北京建宏印刷有限公司
开　　本： 880mm × 1230 mm 1/32
印　　张： 11.25
字　　数： 200 千字
版　　次： 2020 年 4 月第 1 版
印　　次： 2020 年 4 月第 1 次印刷
标准书号： ISBN978-7-5075-5266-9
定　　价： 39.80 元

自 序

我很喜欢写七言绝句，近两年更是如此，一有诗兴，便会吟哦一首以记之，很少写其他类型的格律诗词，虽然我以前也喜欢写古风、七律、五律以及填一些诸如西江月、浣溪沙和忆秦娥之类的词。对此读者可从我的第一本诗词选《总道人间惆怅》（华文出版社 2017 年出版）中一窥究竟。本书选录了我自 2017 年以来所写的 259 首七绝。

我对七绝的喜爱不是没来由的，因为与其他十分讲究韵律和节奏格律的近体诗体裁，如七律、五律和五绝等相比，七绝无须像律诗那样刻板地用足足四句诗去工于对仗，而且还比字数最少的五绝多了 8 个可以任意组合成词并可能含有无限蕴意的字，它更能如愿地表达出诗人的丰富情感和高远志向。

其实，早有古人与我有类似看法。比如，那阕著名的《临江仙·滚滚长江东逝水》的词作者、明代才子杨慎在其《升庵诗话·陈陶陇西行》中就曾说过："言之精者为文，文之精者为诗，绝句，又诗之精者。”可见在填词上很有成就的杨慎十分推崇绝句。清代诗人沈德潜在《唐诗别裁》卷二十中也说过：“七言绝句以语近情遥、含吐不露为贵。只眼前景、口头语而有弦外音，使人神远，太白有焉。”

由此可见，绝句不仅在用字和用词方面特别精炼，还可以用最少的字词表达出丰富的、传神的并可让读者产生联想的意境。所以，有人说（相对于其他格律诗词）七绝更像诗，或者说更有诗的味道。对于此说我是赞成的，而且在撰写七绝的过程中，自己的体会可能比一般人更深。

比如，我在 2018 年年底写的一首诗——《自贺》中就表达了自己对七绝的喜爱：

体用天然意境丰，嗜吟绝句以推穷。

如今斟酌虽辛苦，好在终成复古风。

我之所以将七绝这种古典诗歌体裁称为“体用天然”，是因为对于讲究格律的古体诗而言，每句七言（每句 7 个字），应该是汉语节奏感最好，也最能体现出汉语诵读时那种抑扬顿挫语音语调的一种语言表达方式，而七言的无须对仗且可自由表达的四句式特点又足以将近体诗的想象和含蓄发挥到极致，从而能够充分表达出诗人所想表达的那种意境和情调。

在写这首绝句的前后，也不知为何，我每 1—2 天就能吟哦出一首七绝来（从此书收录的绝句的时间上就可以看出来），可见诗中说自己“嗜吟绝句”还是比较符合事实的。但是，我写的这些七绝是不是真的像诗中自诩的那样“终成复古风”，即其字词、语言及结构等大多合辙且符合古人所写的近体诗风格呢？对此，还是请各位读者阅读欣赏后再作判断吧。

本书收录的259首七绝，几乎都是从2017年4月之后，也即我的上一本诗词选《总道人间惆怅》出版后的这段时间里写的七绝中选出来的，可以说都是新诗。当然其间我还写了少许七律和词，因不属于七绝，也就没有收录。

在这两年间，我主要生活在合肥、深圳和温哥华这3个城市，其间也曾短期去过诸如武汉、岳西、桐城及洛杉矶和墨西哥等地旅游或访古。每到一地生活或旅游，我都会吟哦一些七绝以记录自己在当时当地生发出的那些感受。为此，我专辟3个章节，即第六章《合肥即景》、第七章《深圳即景》和第八章《温哥华即景》，每章10首，分别描述和讴歌居住时间较长的温哥华、家乡合肥和深圳这3个地方相关的景色和风情。

2018年夏天我偕夫人去安徽省岳西县石关的一个避暑胜地——涓水山庄居住了一段时间，其间感触颇多，时间虽短，但也先后写了7首绝句，因其景色和风情独特，便也专辟了一个章节以记之。过去两年里我经常外出旅行，也写了一些七绝以记录旅途的风情和感想，为此我专列了一个章节《行旅》，其中收录了7首绝句。

这几个章节中比较典型的诗有如下几首。比如，有描述我的第二故乡深圳秋天街头景色的《岭南问秋》：

花繁九月满街头，翠竹红芳色欲流。

何故古人诗赋里，罕闻吟咏岭南秋？

也有描述温哥华平安夜独特风情的《2018年平安夜》：

彩灯闪烁驱凌寒，万户窗明夜未残。

斯世真情醇似酒，人逢无不道平安。

此诗最后一句将温哥华圣诞节前后市民之间的那种温馨与和谐以近乎白描的方式表现了出来。

《山路》这首诗吟咏的是我的家乡合肥大蜀山春天的景色：

一路青阴落日斜，幽林歇处尽槐花。

余香入袖轻携去，直上西山送晚霞。

描写安徽省岳西山乡景色和山民生活的《村客》是这样写的：

远山夕照见人家，涓水溪边看落霞。

村客虽知天色晚，犹寻农舍买新茶。

《楼船灯火》这首诗将自己乘坐红宝石游轮从美国洛杉矶到墨西哥旅游时那种难得而独特的船上生活之瞬间感想记述了下来：

海风吹日落云霞，移步舷边月正斜。

回首楼船灯火处，踏歌一曲走天涯。

描写那趟难忘旅行的诗还有《南行不见冬》，我将自己在游历墨西哥卡波圣卢卡斯、马萨特兰和瓦拉尔塔港等几个海滨城市时所感受到的那种异国风情浓缩成了以下诗句：

海路南行不见冬，船游异国兴方浓。

情人岛上寻幽境，五彩街头坐老慵。

近年来我由于多地生活，尤其是多次出国旅居，总会产生一种漂泊感和思乡怀旧之情，其浓醇如酒，难以抑制，为此也写了不少相关的绝句。因为这类诗较多，所以我专辟了2个章节，即《怀旧》和《思乡》，各收录了十多首绝句。比如，我于2018年11

月在温哥华写的《人老思归处》：

常赴他乡少在家，此生如旅逐天涯。

而今人老思归处，吟对庐园折桂花。

此诗中的庐园是指我在家乡庐州，即合肥的居所桂花园，这个院子里种有很多桂花树。

收录在第四章《怀旧》中的《回乡续宿缘》一诗则记述了合肥一中老三届老同学之间那种醇浓如酒的深厚情谊：

樱花方谢紫藤嫣，万里回乡续宿缘。

更有友情醇似酒，相逢一笑已醺然。

在外漂泊，除了怀旧，还有亲情。2018 年秋天我一个人飞往温哥华去照料当时因故独自在那边上小学 7 年级的外孙。下面这首《祖心》描述了我当时的心情：

方外之人试遁音，时逢秋季伴枫林。

一双忙手无闲处，不为功名为祖心。

花草树木和春夏秋冬代表着大自然。古人诗歌中吟咏大自然的诗词不知凡几。中国最早的诗歌总集《诗经》里就有着数以百计吟咏花草树木的诗。有人曾统计，《诗经》里吟咏的花草树木竟然多达 160 余种。俗语说，一花一世界，一叶一菩提。花草树木的繁盛与凋谢等自然现象也让诗人将其与人类社会的各种现象及其催发出的人类的各种情感进行了无穷无尽的比附和指喻。当然，我也不能例外。本书我专辟了 3 个章节，分别吟咏了红枫、樱花及其他我看到的且觉得值得吟咏的花草树木及其自然现象。

2018 年秋天我在温哥华生活，那里的红枫举世闻名。一到秋天，满山满街的红枫像火在燃烧，那种美让人心动而惊叹。在温哥华期间，我写了很多与枫树有关的七绝，比如这首《伊丽莎白女王公园》：

登高望远露秋时，簇簇青红展丽姿。

二百余年枫树景，如今遇我入诗词。

温哥华的近代史以英国人乔治•温哥华海军上校的探险船为找寻西北通路航海到巴拉德湾一带为标志，迄今 200 余年。经查后发现，虽然经历了这么长时间，但到目前为止，世界华人圈里似乎还没有一首汉语格律诗词吟咏过温哥华的枫树之美。我当时写这首诗只是想表明：从我开始，温哥华红枫无人歌咏的历史已成为过去了。事实也许就是如此吧？

与秋天到处都有红枫一样，温哥华的春天也到处都有樱花。不过由于樱花一般都是在每年 4 月才开放，而我两次都是在那之前就离开温哥华了，所以此书收录的咏樱诗大多写于同样种植有很多樱花树的合肥居所桂花园。比如这首写于 2019 年 3 月底的《故园樱花》：

瑞日知春起蕙风，西山雾散见青空。

故园三月樱花绽，一树嫣红渐粉红。

我还写了一些吟咏荷花、栀子花等花卉和果木的诗，并赋予这些花儿和果木一些崭新的意境。自北宋哲学家周敦颐写了那篇《爱莲说》以来，荷花在人们心中的形象似乎早已定型了，那就是“出淤泥而不染，濯清涟而不妖”。此说法很形象，也很有意境，但千姿百态的荷花还有其他很多方面值得人们去欣赏和体会。《仲夏咏荷》这首诗就比较突出地展现了荷花的另一个意境：

仲夏斜阳照碧洲，一湾粉绿扮娇羞。

谁知花褪心中苦，尽是风流事后愁。

我在家乡合肥的居所桂花园，其园林设计和设施都非常好，且种植有各种四季花卉，仅住家所在的小院子里就种有各种樱花树和桂花树各十几株。每到春秋两季，粉樱怒放，桂花飘香，让人心旷神怡。另外，我也写了不少吟咏桂花的诗词，并在 2017 年出版的诗词选《总道人间惆怅》一书中专辟 1 个章节收录了 8 首吟咏桂花的诗词。而本书虽仅收录了 2 首吟咏桂花的绝句，但其中《桂花糖》因角度不同，读起来会有一种全新的感觉吧：

深秋小院更幽芳，绿叶丛中露杏黄。

欲向枝头收桂子，不知锁得几多香？

柳絮杨花在古人的诗词中也常常出现。据统计，吟咏柳絮杨花的诗词在唐诗宋词中分别占到了 5% 和 20%。这是因为轻盈动态的柳絮杨花的意境不仅指向春天，也可以很方便地指向一些诗人想寄托的情感。这类情感比较多样化，但柳絮杨花大多还是比附人生的漂泊不定及无法掌握自身的命运等，或因其在空中随风飘荡而常喻指人的轻浮和风流。我以前写的咏柳絮的诗也有这种倾向，但这次收录的《咏杨花》这首诗则换了一个思路，呈现出杨花的另一种美，即不甘寂寞与平庸且勇于探索未知世界的精神：

又回故里见春归，自在杨花似雪飞。

欲识风光无限处，须循正道上玄微。

我还写过一些吟咏四季变化的绝句，还有好几首是咏雪的。

于是我分别设立了《咏春》《咏夏》《咏秋》《咏冬》及《咏雪》5个章节。在古人的诗词中，自然季节的意象各有不同，如秋天的意象有梧桐、秋雨、残荷、落叶等。《咏秋》这个章节一共收录了8首吟咏秋天的绝句，其大多数题目中都带有“秋”字，如《秋风》《秋雨》《秋水》《秋思》和《秋色》等，给出的意象各不相同，如这首写于温哥华的《秋风》：

细雨无声易湿衣，去寻树下作凭依。

秋风不解缘何故，吹得枝头老叶稀。

在这首诗中，我通过避雨这个情节的设定将当时那种秋风萧瑟的情景、人到老时头发的稀疏和自己的惆怅心情都如实且以隐喻的方式写出来了。

《初夏雨后》主要是写景，读者通过这首诗可将合肥大蜀山东麓的蜀峰湾公园的初夏景色一览无遗：

雨后杨花不见飞，西山绰约起林霏。

小荷出水遮凫鹭，暮色迷蒙竟忘归。

《春余》则将一年之中植物量增长最快的暮春时节的风景从某个角度进行了描述，我在看到几乎一夜就长满了青绿色叶子的桑树和杨树后的那种惊讶溢于言表：

时已春余歇野亭，鸟鸣不见却中听。

东风催促桑杨绿，一夜枝头忽变青。

我连续两个冬天都是在温哥华度过的，那里的冬天虽不是很冷，但多雪，去冬今春就先后下了至少两场大雪。温哥华没有多少高楼大厦，多是低矮的公寓或独立屋，可以说是一个典型的村庄型都市，背山靠海，有山有水，雪后的景色非常美。我写过一些吟咏温哥华雪景的绝句，本书收录了 8 首并专辟了 1 个章节《咏雪》。《飞雪萦空》如实地描述了温哥华 2019 年年初一次下雪时的情形。

忽然晴日起雰霏，云气迷蒙掩素晖。

一阵朔风斜掠过，萦空唯见雪翻飞。

再如下面这首《白雪》，不仅写出了温哥华雪后出晴日的美丽而独特的景色，还将雪拟人化借以歌颂一种高洁的品德：

洁白如毡覆积埃，却逢晴日促云开。

寒风无力留不住，化作清流入海来。

古人都说“诗言志”。比如，《左传》说“诗以言志”，《尚书·虞书·舜典》说“诗言志，歌永言，声依咏，律和声”，《庄子·天下》则说“诗以道志”，但其意思都相差不大。这里的“志”都是指诗人借诗而表达出来的思想、抱负和志向，当然，这个“志”也指诗人借诗而抒发的感情、意愿和情怀。可以说，诗言志就是吟诗以抒发诗人的情志。我写的这 259 首七绝也不例外，其中有不少寄托了我自己的某种情感和志向。比如，《风流未必是英雄》这首诗就是如此：

寂寞平生好究穷，风流未必是英雄。

一声高亢孤鸿远，欲唤春回唱九风。

再如这首《溪头》：

溪头碧水静依然，间有游鱼戏白莲。

纵使欲生惆怅意，也应不在小池边。

诗人在抒发情志时不一定都是直抒胸臆，很多情况下都是借助于周围的景色迂回委婉地表达自己的情感和志向。

人都是有情感的，而诗人在情感方面可能会更敏感、更炽烈，所以他们写的诗更容易引发读者的联想，当然，也可能更曲折、更隐晦了。比如，《家乡此际升弦月》就将我在买酒途中所产生的那种对远方的情（亲）人的思念用一种比较少见的反问的方式表达了出来：

陌上秋枫落叶枯，去寻酒肆欲行酤。

家乡此际升弦月，独处时分想我无？

类似的还有《钩月垂梢》：

钩月垂梢似玉心，东迎晓日却沉吟。

自从别后辜情义，无复重逢直到今。

什么叫触景生情？什么叫情深意长？什么叫情深缘浅？这恐怕就是吧。

我是从事“三农”问题研究的，虽已退休多年，但念兹在兹，仍然不能割舍对农民的深厚感情。我曾写过很多有关农村、农业和农民的诗词，但因种种原因，本书仅收录了5首绝句，几乎每一首都体现了我对“三农”问题及其相关制度性改革的关切。比如，关切土地制度改革的《易道》：

今夏收成锐减之，农民无奈地荒时。

骄骄维莠如何去？易道轻关愿不迟。

《泪痕》则是从一个农民工的角度写出了他们这个庞大群体中经常发生的人伦割裂的生活场景。这种在中国社会司空见惯的背井离乡的场景几乎成为现代中国的社会常态。很多人对此可能都已经麻木了，但对于我来说，每思及此，唯有动容也：

欲别妻儿似掉魂，为谋生计得离村。

门前执手重叮嘱，路上方知拭泪痕。

人老了，但童心还得有，否则感情生活就太枯燥太乏味了。那天我走在温哥华的街道边看到一片艳红的枫林时，居然突发奇想，吟哦出《借色枫林》：

老夫今日兴无穷，突发童心入望中。

欲向枫林多借色，红颜白首笑秋风。

像这类通过比喻和自嘲以将自己写诗时的那种微妙心情表述出来的绝句还有不少。读者可以在阅读中细细咀嚼，这样才会感觉到更多更丰富的诗味。

有读者说我的诗中隐喻较多，读它们时总需要揣摩和联想才能体会其意境。其实，隐喻本身就是诗词的一大特色。这是因为自然界很多事物的发展和变化过程与人类社会的演进本来就是相通的。可以说，诗人写景，很多时候也是在写人或写事，或者在其描写的景色中寄托了自己观景时油然而生的某种微妙的感情。不过，我以诗词写景时一般都是如实描述，我不喜欢凭空想象或借用俗套，也不喜欢无病呻吟，或写一些堆积了很多华丽的辞藻但实质上毫无内涵的诗句。然而，正是这种对景色的白描，或者说如实地描述吟咏对象，隐喻其中的感情也许就自然而然地抒发出来了。比如这首《又见栀子花》：

又见园中栀子花，飘来香气透窗纱。

白心寂寞终然在，老去风情伴晚霞。

白心，原指白色的花蕊，这是写实，但在这里也可以将“白”字当作动词，意剖白，那么这个词就是指表明心迹了。另外，白心也能指人纯洁的心。因此，只要理解了“白心”一词的几重含义，再结合最后那句“老去风情伴晚霞”，读者对我所想要表达出的意境也就会有更多更深切的体会了。

2020 年春，我国不幸遭受新冠肺炎疫情的冲击，尤其湖北省武汉市，数万居民受到了感染，催生了很多人间悲剧。后经中央采取非常措施，多地支援武汉和湖北数以万计医护人员，各省市联合防控，疫情终于得到初步控制。我在自我隔离于合肥的这些日子里牵挂疫情中的武汉居民，情之所至，有感而发，吟哦了一些七言绝句。本书补充收录了 10 余首绝句并专辟第二十五章，名之为《抗疫吟》。

本书收录的七绝，每一首我都加了注释。这些诗发表后，经常有读者认为注释多余，理由主要是古人写诗都不加注释，或者说加注释是低估了读者的智商。对此说法我不敢苟同。

在书写和刻印都比较困难且读书识字者很少的古代，给诗加注释似乎很“奢侈”。但即便如此，古人给自己的诗加注释还是比较普遍的，如杜甫。据考订，杜甫生前编撰了诗集 60 卷抄本并给自己的诗作留下了 300 多条注释。比如，杜甫在《风疾舟中伏枕书怀三十六韵奉呈湖南亲友》这首诗中云：“畏人千里井，问俗九州箴。”他在后面自注说：“谚云：千里井，不反唾。”（详见徐迈《杜甫诗歌自注研究》一文）

由此可见，诗人给自己的诗词作注在历史上并非罕见，而是有传统的。至少在唐代，即格律诗开始形成之初就已经出现并开始流行。可遗憾的是，诸如杜甫等诗人的自注诗并没有引起后人的注意，还让后人产生了一个本不应存在的印象，即古人写诗不加注释。现在我们可以肯定地说，古人从不给自己的诗作注的流行说法是不成立的。

写诗为何要加以注释？这是因为写诗是要给他人阅读和欣赏的，如果没有注释，容易造成读者的误解。不仅如此，有注释总比没有注释好，而诗人自注又总比他人或后人补注要好。如果没有注释，诗词中很多词语的含义及其背景就会显得模糊不清，不仅诗词本身，就是诗人自己在选词用典上也可能会存有谬误，这些都会误导读者。

一部《诗经》，千百年来其注释者不知凡几。什么原因？他们显然是怕读者不理解。比如，战国末年有一位大文人毛亨为《诗经》作了注释，后来其侄子毛苌又作了增补。后人将毛亨和毛苌对《诗经》的注释简称之“毛传”。几百年后，汉末大儒郑玄又对《诗经》作了一次注释，并对“毛传”作了补充和订正。郑玄对《诗经》的注释被后人简称为“郑笺”。结果还成就了一个成语“毛传郑笺”。到了唐代，孔夫子的后代孔颖达似乎觉得“毛传”“郑笺”注释得还不够准确，意犹未尽，便为《诗经》重新作注，这次的注被后人称为“孔疏”。

由此可见，古人给诗词作注不仅早有传统，而且非常重视。前人作注不行，后人再注。既然如此，现在的诗人为何不能给自己的诗词作注呢？这样将可使后人对诗词的理解省去多少麻烦和歧义。

对于前人的诗词，古人也作了不少注释，其中有很多已成经典。比如，宋代的任渊对黄庭坚和陈师道两位诗人诗集的注释。对于前者有《山谷诗集注》，而对于后者则在《黄陈诗集注》中详加注释。另外，还有清代的仇兆鳌对杜甫诗集的注释（《杜诗详注》）及王琦对李白诗集的注释（《李太白诗集注》）等。其实，今人也留下了不少的注释经典，如钱钟书先生写的20多万字的《宋诗选注》及邓广铭先生编注的有关辛弃疾诗词的《稼轩词编年笺注》等。

可见，给诗词作注是普遍现象，并非个例。只是到了现代，由于某些特殊原因，可以说与不提倡写格律诗词的原因一样，给诗词作注也才变得稀罕起来。

为什么呢？因为诗人在写诗的那个场合、那个时间段的感情是非常微妙、复杂且深厚的，如果他自己不将这首诗的用词、用典以及作诗的前因后果和相关意图等加以注释的话，读者，尤其是后世的读者会很难理解和欣赏诗人注入那些诗词中的那些个人的独特情感和愿景。倘如此，诗词本身隐藏的很多美要么易被误解，要么就难以为读者所体会了。

不可否认的是，无论是古人给古人作注，还是今人给古人作注，都不是诗人自己作注，所以都可能存在谬误。虽然大多数注释还是比较符合实际，也能帮助读者阅读和理解诗词。但即便这些作注的人再有学问，再有相关的历史知识背景，由于均非诗人本人，因此不可能完全理解作者写作那些诗词的本意。

为此我在想，如果说古人写诗不注释是由于受到很多诸如写作习惯及书写刻印不方便等原因的限制，那为何今人写诗就不能自己给出注释呢？现在早已是信息社会，诗文的书写、编辑、修订、发表及印刷出版，从技术层面上看几乎不存在任何障碍，更何况诗人自己作注完全可以随手而为之。何乐而不为呢？

不过，我还得说明一下，我给自己的诗作注也是无奈之举，别无任何自我炫耀的成分。我有一个微信公众号《史啸虎杂谈》，我写的每一首诗和每一篇文章最初大多是通过这个自媒体与读者见面的。当然，我写的文章可以在相关网刊或媒体上刊载或发表，但诗词发表的地方很有限。即便最后能够发表，也存在一个时间性的问题。于是我的诗词就只能先在自己的这个公众号上发表了。

有意思的是，微信公众号有一个规定，即所有在微信公众号上发布的东西，无论诗词或文章，篇幅都得达到 300 字以上才能发布成功。这个发布大门由丝毫不讲情面的人工智能看守着，就是少一个字也别想从这个大门发表出去。

我的那些学术性或散文类文章及回忆录等还好说，因为几乎每一篇都在几千字以上，远超微信公众号的最低 300 字限定，可七绝就不行了。一首七绝，仅 4 句 28 个字，加上标题和落款，最多也不过三五十字。可以说，要不在这些七绝下再多写点什么东西以凑足 300 个字，这些七绝是根本不可能挂出去的。面对这个规定，那我该怎么办呢？此时给这些七绝增加注释，而且还得是不少于 300 字的注释，也许就是最好的解决办法了。

其实，给自己的七绝加注释也有好处。

我可以借此机会将自己诗中所使用的一些生僻词语和典故分别作些解释并指出其出处所在，或者举例看哪个古人是怎样使用此类词语的。当然，对于某些见多识广的读者来说，我的这些注释可能会因过于简单或繁琐而显得多余吧？可让我没有想到的是，这些注释并非画蛇添足，而是受到了很多读者的欢迎和喜爱，大量的留言和点赞也说明了这一点。因为诗人的作品，尤其是七绝这类讲究格律、用词多典又多义的诗词是要给读者阅读和欣赏的，而不是玩文字游戏让读者花力气去猜测的。

除此以外，增加注释至少还有以下 4 个好处。

第一，有助于读者了解和熟悉诗词中所使用词语的真实含义或典故。格律诗所用词多古味且语法多为文言表达方式，与现代汉语词及语法相距较远，尤其是一些比较生僻或带有典故的词汇。

第二，有助于读者知晓诗人写作该诗的背景情况，以加深对诗人所想表达的那种情感的理解。

第三，有助于读者深刻理解该诗的主题。因为格律诗多隐喻或比附，其真实主题往往隐藏在对一些景物甚至诗人心理的描述中。这种例子在本书中有很多。请读者在阅读和欣赏这些七绝时自我品评和判断，这里就不一一列举了。

第四，可以避免他人，特别是后人作注易引发歧义等不足。

由此可见，诗人给自己写作的诗词作注并无任何不妥，相反，诗人自注不仅具有以上所列好处，其效果也远好于他注，因为总不会有任何其他人比诗人自己更了解所作之诗词的意境。

当然，诗人自注也不是说就完全没有问题了。诗人对一些词语或典故的理解偏差也会导致某些词语或典故的错用或误用，从而影响到其所创作诗词内涵的表达。但这是作者本身的问题，而与注释本身以及是否需要加注这一问题的关系并不大。我也希望各位读者在欣赏此书收录的 259 首七绝的同时，也能对每首诗后面的注释提出宝贵的意见。

我还认为，既然写格律诗，那么就得按照千百年来古人约定的相关诗词格律，包括平仄和韵脚等进行创作，不要自以为是地随便就突破其原有的格律要求，也不要使用所谓的新韵，而应该老老实实地遵而循之。

关于格律诗词的押韵问题我曾在 2017 年出版的诗词选《总道人间惆怅》一书的序言中表达过自己的观点。总之，写古人约定俗成的格律诗词最好用古人约定俗成的平水韵，不要使用现代人编出来的所谓现代汉语新韵。原因和理由读者可以参阅那本书的序言，这里就不再赘述了。我的这 259 首七言绝句也遵循这么一个原则。

我在写《总道人间惆怅》一书时为让读者了解自己青年时代及初写格律诗词时幼拙的水平和风格，还刻意保留（未修订）了一些在格律上存有问题的诗作。但本书收录的 259 首七绝全都是严格按照七绝的相关格律创作的。其中每一首都力求符合格律诗的规范要求，以便让读者欣赏到七绝这种格律诗的颇具韵律的美感。

当然，符合格律要求也只是满足了诗词的一种浅层次的范式要求，诗词本身如果欠缺流畅生动的古汉语词汇和表达方式，也没有可以打动人心的内容，依然算不上是一首好诗。这 259 首七绝在这两个方面究竟如何，还请各位读者在欣赏之余提出宝贵的意见。

诗来源于生活，或者说诗必须反映真实的生活。因为只有现实生活才能触发诗人的情感，而只有当诗人用诗的语言和方式将这些情感抒发出来时，才会有诗。当然，这里所说的现实生活不仅是指诗人自己平凡生活的一面，还应该触及客观存在的那些严峻的时事政治。诗人在诗中得反映民间疾苦，还得有批判现实的精神，而不能仅仅是风花雪月。

可以说，我的这些七绝就来源于现实生活，也具备浓厚的生活气息和强烈的批判现实主义思想，为此也得到了很多读者的喜爱。比如这首七绝《渐老》在我的公众号上发表之后仅十来天时间点击量居然高达 1.5 万：

此花色白彼花红，况是人生更不同。

渐老谁知心甚炽，烦忧尽在一壶中。

我希望读者可以从这 259 首七绝中读出我这两年平凡生活的轨迹以及所有的喜怒哀乐，也希望通过这些诗能将一个精神世界完整而真实的自己袒露在读者面前，让读者评判。倘如此，则于愿足矣。

“五四”新文化运动以来，随着诗歌创作的日益大众化，现代诗，即白话诗得到了极大的发展。现代诗的特点是语言直白、风格多变、在字数和押韵上不受格式约束等，适合所有文化层次的人吟诵，也与当时整个民族的文化水平不高的状况相契合。这也是现代诗在那之后的几十年里之所以存在和流行的主要原因。

后来，随着国人受教育程度的不断提高以及信息化社会生活节奏的加快，韵律丰富、文字精练且表达又比较含蓄的格律诗词又开始走近了普通老百姓。很多人，尤其是文化程度较高的人和一些大中学生越来越喜欢阅读并热衷于创作各种形式的格律诗词。这是令人欣慰的现象。

由于我们在大学和中学的教学中长时间忽视了对古典诗词格律知识方面的教育，使得格律诗词的基本知识远未普及，甚至一些从事中文高等教育的教师也不甚熟悉，这与格律诗词的大热形成了巨大的反差，也是十分令人遗憾的事情。

我想，也许自己写的这些格律诗词，能对其在时下中国的普及起到一点促进作用，于是便将自己这两年来吟哦的七绝认真收集整理一下，最后编撰成了这本《七绝二百首》，以飨读者。在此，我要对编辑出版此书的华文出版社及编辑潘婕女士表示深切的谢意。在这篇自序的最后我想以《辑诗》这首诗来表达我此时的心情：

新月清辉似玉尘，饮茶一盏好提神。

此生半为文章故，留得诗书飨后人。

谢谢各位！

史啸虎

2019 年 10 月 25 日

写于合肥桂花园

目 录

第八章 温哥华即景 / 109

第九章 岳西山区避暑 / 121

第十章 咏枫／131

第十一章 咏樱／139

第十二章 咏物／147

第十四章 咏夏 / 175

第十五章 咏秋 / 185

第二十四章　杂咏 / 291

第一章　自述

辑诗

新月清辉似玉尘，饮茶一盏好提神。
此生半为文章故，留得诗书飨后人。

注：清辉，多指日月的光辉。唐 杜甫《月圆》诗云：“故园松桂发，万里共清辉。”玉尘，有多种比喻，这里比喻雪。唐 白居易《酬皇甫十早春对雪见赠》诗云：“漠漠复雾雾，东风散玉尘。”

半为，指一半都是为了什么。清 曹雪芹《葬花吟》诗云：“怪奴底事倍伤神？半为怜春半恼春。”飨，用酒食招待客人，泛指请人受用。唐 储光羲《登戏马台作》诗云：“天门神武树元勋，九日茱萸飨六军。”平水韵上平十一真。此诗 2019 年 1 月 7 日作于温哥华。

最近我一直在抽空收集和编纂一些自 2017 年 4 月以来新写且散见于各处的近体诗（词），尤其是七言绝句，发现居然已有 200 多首了。于是便想，如果今后再出一本诗集，书名就叫作《七绝二百首》吧。这首《辑诗》便反映了写诗时的那种心态。

心境

秋风昨夜已黄梧，隔水斜阳照岸芦，
心境自然成一体，此生虽老不须臾。

注：梧，梧桐。唐 陆龟蒙《独夜有怀因作吴体寄袭美》诗云：“人吟侧景抱冻竹，鹤梦缺月沈枯梧。”隔水，隔着湖水或溪水。宋 释文珦《溪上野人家》诗云：“隔水两三家，荆扉带郭斜。”岸芦，岸边的芦苇。宋 杨万里《舟过谢潭三首·其二》诗云：“岭草已青今岁叶，岸芦犹白去年花。”

心境，佛教语，指意识与外物。宋 陆游《秋日遣怀》诗云：“四壁无人声，心境两虚寂。”一体，组合一起、合二为一。唐 李白《古风·庄周梦胡蝶》诗云：“一体更变易，万事良悠悠。”须臾，片刻、瞬间，指时间很短。唐 张籍《短歌行》诗云：“流光暂出还入地，使我年少不须臾。”平水韵上平七虞。此诗 2019 年 9 月 28 日作于合肥。

心境，现代汉语表示心绪和心情，但在古人看来，心境其实是指心与物两个东西。比如苏轼也有诗云：“根尘各清净，心境两奇绝。”当人身处一个让其心情完全放松的环境中时，就叫心与物合，或叫心与物游。倘如此，也就不知道时间了。

校书

校书终日思犹清，入夜窗灯兀自明。
写罢微吟诗一首，个中寓意出风情。

注：校书，校勘书籍。魏晋 陶渊明《示周续之祖企谢景夷三郎》诗云："马队非讲肆，校书亦已勤。"犹清，仍然清澄、清晰、明白。宋 苏轼《轼以去岁春夏，侍立迩英，而秋冬之交，子由》诗云："曈曈日脚晓犹清，细细槐花暖欲零。"窗灯，窗前灯下。唐 杨衡《山斋独宿赠晏上人》诗云："窗灯寒几尽，帘雨晓阶愁。"兀自，依旧、径自。明 方孝孺《鹦鹉》诗云："幽禽兀自啭佳音，玉立雕笼万里心。"

微吟，小声吟咏。宋 陆游《一笑》诗："半醉微吟不怕寒，江边一笑觉天宽。"个中，此中，当中。宋 陆游《对酒》诗云："个中妙趣谁堪语，最是初醺未醉时。"寓意，寄托或隐含的意旨。宋 曹冠《惜芳菲（述怀）》词云："寓意登临诗与酒。豪气直冲牛斗。"风情，风雅的情趣。宋 欧阳修《玉楼春》词云："人生聚散如弦筈。老去风情尤惜别。"平水韵下平八庚。此诗 2019 年 12 月 23 日作于合肥。

这两天一直在忙《七绝二百首》书稿的校勘修订事宜，几乎没有出门。今天终于忙完了，长舒了口气，诗兴也上来了，便写了这首诗。

闲步寻幽

秋思难遣夜间凉，闲步寻幽论短长。
近日新文多不见，吟诗声里月如霜。

注：寻幽，寻求幽胜，也可指探求幽深的事理。唐 李商隐《闲游》诗云："寻幽殊未极，得句总堪夸。"新文，新近撰写发表的文章。南朝宋 刘义庆《世说新语•雅量》曰："适见新文，甚可观。"唐 李白《自梁园至敬亭山见会公谈陵阳山水兼期同游因有此赠》诗云："雪山扫粉壁，墨客多新文。"平水韵下平七阳。此诗2018年10月13日作于温哥华。

那段时间，由于种种原因，我发表的论述性文章大多不见了。可我这个人也闲不住，干点什么呢？那就写诗吧。

华发风中不禁秋

高天厚地暮云流，华发风中不禁秋。
著述醉心生酒意，吟哦更减许多愁。

注：高天厚地，形容天地广大。金 元好问《论诗三十首•十八》诗云："东野穷愁死不休，高天厚地一诗囚。"华发，花白的头发。宋 苏舜钦《水调歌头•沧浪亭》词云："壮年何事憔悴，华发改朱颜。"不禁，经受不住。唐 杜甫《舍弟观赴蓝田取妻子到江陵喜寄三首•其二》诗云："巡檐索共梅花笑，冷蕊疏枝半不禁。"

醉心，对某事强烈爱好，一心专注。宋 陆游《题梅汉卿醉经堂》诗云："它人烂醉锦瑟傍，君独醉心编简香。"酒意，指那种将醉的感觉和神情。宋 李清照《蝶恋花•暖雨晴风初破冻》词云："酒意诗情谁与共？泪融残粉花钿重。"平水韵下平十一尤。此诗 2018 年 10 月 27 日作于温哥华。

其实，撰文也好，吟诗也罢，无不是因投入了思想和感情而暂时忘却了其他事物而已。也就是说，那些让你牵挂的事情并没有因此而消失。但是只有这样倾力倾情才能写出好的诗文来。难道不是吗？

浮世人生

萧疏林溆野无尘，好读诗书伴老身。
浮世人生长几许，穷通何必羡他人？

注：萧疏，稀疏、冷清。唐 孟郊《洛桥晚望》诗云："榆柳萧疏楼阁闲，月明直见嵩山雪。"林溆，山林与水滨。指隐居之地。南朝 齐 萧子良《与南郡太守刘景蕤书》曰："此子含贞抱璞，比调云霞，背俗居幽，寓欢林溆。" 无尘，不着尘埃，常表示超越红尘，脱离凡俗。晋 张协《七命》诗云："天清泠而无霞，野旷朗而无尘。"老身，老人的自称。如宋 陆游题为《老身》的诗开宗明义就说："老身无处著，登望忆闲游。"宋 张九成也有《夏日即事》诗云："日长院落迥无人，忽悟犹余此老身。"

浮世，人间、人世。唐 杜牧《将赴京留赠僧院》诗云："空悲浮世云无定，多感流年水不还。" 穷通，困厄与显达。唐 白居易《把酒》诗云："把酒仰问天，古今谁不死。所贵未死间，少忧多欢喜。穷通谅在天，忧喜即由己。是故达道人，去彼而取此。"平水韵上平十一真。此诗 2018 年 10 月 28 日作于温哥华。

彤云催雪

彤云催雪断音尘，四野齐喑可谓神。
切问此行何处去？须知老路并无人。

注：彤云，指下雪前天空密布的厚云层，预示要下大雪了。《诗经•小雅•信南山》曰：“上天彤云，雨雪雰雰。”音尘，指音信、消息，即信息等。唐 白居易《忆微之》诗云：“三年隔阔音尘断，两地飘零气味同。”喑，指沉默不语或不能出声。清 龚自珍《己亥杂诗•其二百二十》云:“九州生气恃风雷，万马齐喑究可哀。”神，神灵。《孟子》曰：“圣而不可知之之谓神。”老路，以前走过的道路，旧制度。鲁迅在《集外集拾遗补编•关于知识阶级》中写着：“但是环境是老样子，着着逼人堕落，倘不与这老社会奋斗，还是要回到老路上去的。”平水韵上平十一真。此诗 2018 年 1 月 24 日作于温哥华。

寒流来了，天又要下雪了。人很奇怪，天气好、阳光明媚的时候，心情也会轻松愉快，甚至不知疲倦；但当雨雪严寒来临时，不知为何总会产生一种压抑和沉闷的感觉。不知古人说的“天人感应”是不是这个道理呢？

遂逐诗情

人在他乡暂寄居，心牵故国总无如。
忙中也有偷闲处，遂逐诗情试著书。

注：故国，祖国、故乡。唐 杜甫《上白帝城诗二首其一》诗云：“取醉他乡客，相逢故国人。”无如，意不如、无奈。这里指后者。唐 刘长卿《谪官后却归故村，将过虎丘，怅然有作》诗云：“万事依然在，无如岁月何。”清 郑观应在其《盛世危言•技艺》中曰：“无如当轴诸公，安常习故，以艺学为末务，遂使良法美意，仍托空言。”

诗情，指诗词的内容，包含作者的内心世界及其用以对人物或社会的情感的表达方式。唐 白居易《咏怀》诗云：“白发满头归得也，诗情酒兴渐阑珊。”著书，撰写著作、书籍。唐 白居易《赠樊著作》诗云：“何不自著书，实录彼善人。” 这里的“著书”是指自己手上已经完稿或正在修订的几本书稿。平水韵上平六鱼。此诗 2018 年 12 月 30 日作于温哥华。

自述

晚年偏好得新知，常是窗灯映月迟。
语昔论今思兴废，焉能空老白头时?

注：偏好，特别爱好。唐 白居易《截树》诗云：“人各有偏好，物莫能两全。”新知，新结交的知己或新知识。这里两者都有，更指后者。清 梁启超《自励》诗云:“誓起民权移旧俗，更挚哲理牖新知。”窗灯，窗前灯下。宋 舒岳祥《夜坐》诗云：“松月生池底，窗灯间竹林。”

语昔论今，即谈古论今，此词典出南北朝 鲍照《门有车马客行》一诗，云：“语昔有故悲，论今无新喜。”兴废，兴盛与衰废，指兴复废毁之事物。宋 陆游《一壶歌》诗云：“看尽人间兴废事，不曾富贵不曾穷。”焉能，怎么能。唐 刘禹锡《学阮公体》诗云：“人生不失意，焉能慕知己？”空老，虚度年华至老。唐 王昌龄《宿灞上寄侍御玙弟》诗云：“不应百尺松，空老钟山霭。”平水韵上平四支。此诗 2019 年 12 月 7 日作于合肥。

大致检索了一下，中国古代共有 25 位诗人写了大约 53 首题为《自述》的诗以叙述自己的境遇和心情，而且他们全都是宋代诗人。很有意思呀。我是第一次以《自述》为题赋诗言志。还是请各位雅正吧。

今岁不堪伤

人在他乡说故乡，方知今岁不堪伤。
客心易感来年事，唯见烟波下夕阳。

注：今岁，今年。唐 史青《应诏赋得除夜》诗云："今岁今宵尽，明年明日催。"不堪，不能承担和忍受。晋 葛洪《抱朴子•嘉遁》曰："贪进不虑负乘之祸，受任不计不堪之败。"宋 贺铸《诉衷情•不堪回首卧云乡》词云："不堪回首卧云乡。羁宦负清狂。"

客心，旅人之情、游子之思。金 元好问《永宁南原秋望》诗云："烽火苦教乡信断，砧声偏与客心期。"易感，容易感怀。唐 元稹《纪怀.赠李六户曹、崔二十功曹五十韵》诗云："他乡元易感，同病转相矜。"烟波，指烟雾苍茫的水面或避世隐居的江湖。宋 梅尧臣《送江阴王判官》诗云："谁知坐卧间，思及烟波里。"平水韵下平七阳。此诗 2018 年 12 月 31 日作于温哥华。

有人提倡用一个字来总结自己的 2018 年，我说如只能选一个字，那么我选"伤"字。《说文》曰："伤，创也。"

灯下攻书

灯下攻书意未休，壑深白羽又何愁？
明朝争得高天去，思想飞扬竞自由。

注：攻书，勤勉读书著述。唐 王贞白《赠刘凝评事》诗云：“谈史曾无滞，攻书已造微。”壑深，谷深、沟深。隋 杨素《山斋独坐赠薛内史》诗云：“岩壑澄清景，景清岩壑深。”白羽，多义。这里指一种白色的大鸟或鸽子。宋 范成大《水调歌头•万里筹边处》词云：“夜夜东山衔月，日日西山横雪，白羽弄空晖。”此句典出唐 皮日休《虎丘寺西小溪闲泛三绝》之二首句，诗云：“绝壑只怜白羽傲，穷溪唯觉锦鳞痴。”

争得，经过努力而获得。唐 白居易《新制绫袄成感而有咏》诗云：“争得大裘长万丈，与君都盖洛阳城！”高天，高朗的天空。唐 李白《长相思三首》之一诗云：“上有青冥之高天，下有渌水之波澜。”平水韵下平十一尤。此诗 2019 年 3 月 15 日作于深圳。

晚上在灯下读书，当看到皮日休那句诗时，我心想，该怜悯的似乎不是白羽，而恰恰是绝壑吧。再顺此思路想下去，就写了这首绝句。

搁笔之后

往事如烟不可忘，一场辛苦为谁忙？
救亡纾难宁家毁，唯望今人记国殇。

注：救亡，指拯救国家的危亡。《孔丛子·执节第十七》曰：“今秦有吞食天下之心。以义事之。固不获安。救亡不暇何化之兴。”纾难，解除和消除灾难。《后汉书·庞参传》曰：“季子来归，鲁人喜其纾难。”宁，情愿。《说文》曰：“宁，愿词也。”国殇，死国之人。平水韵下平七阳。此诗2017年7月26日作于合肥。

我写的《父亲的青年时代》系列文章（15集）在网上陆续发表后，有很多朋友点赞或留言，其情真意切，让我十分感动，于是作此诗以记之。

感昔

翩跹白鹭掠湖心，啅噪鸣禽入暮林。
痴望闲云分又合，怅然感昔却伤今。

注：翩跹，飘逸飞舞貌。唐 杜甫《西阁曝日》诗云：“流离木杪猿，翩跹山颠鹤。”啅噪，形容鸟鸣声。元 刘秉中《小重山》词云：“一片残阳树上明。百禽争啅噪，雨初晴。”暮林，傍晚时的树林。宋 王柏《伯兄新楼十首其一》诗云:“钟惊老鹤翻金刹,角引栖鸦投暮林。”

痴望，呆看、注视。宋 陈著《沁园春》词云：“犹痴望，有太平时节，游戏春台。”闲云，悠然漂浮的云。唐 李白《赠丹阳横山周处士惟长》诗云：“当其得意时，心与天壤俱。闲云随舒卷，安识身有无。”怅然，失望、不痛快的样子。唐 王维《渭川田家》诗云：“即此羡闲逸，怅然吟《式微》。”感昔，感叹往昔。宋 陆游《湖上》诗云：“白首重来空感昔，清尊相属欲忘归。”伤今，忧思今日。宋 方回《次韵赠上饶郑圣予沂》诗云：“力到光前还绝后，事殊思古定伤今。”平水韵下平十二侵。此诗 2019 年 6 月 15 日作于合肥。

人在怀念过去时，常会感伤现在。然而此诗只有家国情怀，并无任何从个人得失角度抒发的感伤情愫。

壮心未已

壮心未已最关情，谁料如今白发生？
一动遐思停拙笔，静听窗外鸟鸣声。

注：壮心未已，典出三国 魏 曹操《步出夏门行·龟虽寿》一诗，云：“老骥伏枥，志在千里。烈士暮年，壮心不已。”未已，未毕、不止。宋 王之道《酬张进彦见寄》诗云：“自笑壮心穷未已，欲言言大怕人憎。”关情，掩饰感情、牵动情怀。唐 陆龟蒙《又酬袭美次韵》诗云：“酒香偏入梦，花落又关情。”谁料，谁想到。宋 苏轼《夜泛西湖五绝其二》诗云：“明朝人事谁料得，看到苍龙西没时。”

遐思，悠远的思索和想象或者悠长的思念。宋 林用中《同游岳麓道遇大雪马上次敬夫韵》诗云：“迢递崑崙颠，俯仰动遐思。”拙笔，对自作诗文书画的谦称。宋 陆游《省事》诗云：“兴发旧醅何害醉，诗成拙笔亦堪书。”平水韵下平八庚。此诗 2019 年 6 月 26 日作于合肥桂花园。

人都有壮心，即宏大的抱负和理想，但结果却总是不尽如人意，尤其是到老年之际。虽有无奈，但我觉得，无论如何，还是持一颗平常心为好。

耆年欲暮

此心总得让人知，可奈耆年欲暮时。
行路流连花一簇，檀唇开合笑谁痴？

注：“此心总得让人知”一句脱胎于唐代诗人贯休《书石壁禅居屋壁》一诗末句，诗云：“禅客相逢只弹指，此心能有几人知。”耆年，老年人。《礼记•曲礼》曰“六十曰耆。”宋 无名氏《鹧鸪天•冬至阳生才两日》诗云：“杨前未把耆年祝，且愿青云早致身。”欲暮，天快黑了，也常借指人老了或某个季节快结束了。唐 李群玉《奉和张舍人送秦炼师归岑公山》诗云：“兰浦苍苍春欲暮，落花流水怨离琴。”

流连，依恋不舍、盘桓不去。钱钟书《秋心》诗云：“指顾江山牵别绪，流连风月逗忧端。”一簇，数量词，表示聚集一起的物和人。唐 杜甫《江畔独步寻花•其五》诗云：“桃花一簇开无主，可爱深红爱浅红？”檀唇，古代妇女唇饰，即将嘴唇涂红。这里用以形容处于盛开期呈喇叭形且颜色红艳的紫蝉花。宋 苏轼《江城子•腻红匀脸衬檀唇》词云：“腻红匀脸衬檀唇。晚妆新。暗伤春。”平水韵上平四支。此诗 2019 年 8 月 13 日作于深圳。

古人说，六十曰耆，七十曰老。如按旧俗，我明年即将七十，开始步入老年了。好在心还不老，总想说一些真话，不知道这算不算痴？

第二章　友情

岁醪

小聚秦家尽俊豪，话声停处笑声高。
诗文忆旧终成册，遥酌盈樽贺岁醪。

注：秦家，故乡合肥一酒家名。俊豪，才智过人之士。宋 司马光《郑待郎挽歌辞》诗云：“云梦气回复，比肩生俊豪。”酌，斟酒、喝酒。唐 李白《月下独酌》诗云：“花间一壶酒，独酌无相亲。”盈樽，酒杯倒满了酒。隋 杨素《山斋独坐赠薛内史》诗云：“桂酒徒盈樽，故人不在席。”唐 宋之问也有《送赵六贞固》诗云：“与君共时物，尽此盈樽酒。”岁醪，犹岁酒（屠苏酒）。唐 沈佺期《峡山赋》诗云：“冬炉煖兮新炭酷，岁醪酌兮杯盘美。”平水韵下平四豪。此诗 2018 年 12 月 18 日作于温哥华。

那天得知部分老同学小聚于合肥秦家大院提前辞旧迎新并庆祝合肥一中老三届《说出你的故事》第二集终于成功编辑印刷成书，高兴之余却因自己身处异国他乡不能参加而深感遗憾，特赋此诗以贺之。

听歌

无聊羁旅到如今，忽听弦歌赏惠音。
高亢低徊盈耳处，一声唱断故人心。

注：无聊，因清闲而烦闷。宋 王安石《试院中》诗云：“白发无聊病更侵，移床卧竹向秋阴。”羁旅，指客居异乡的人。弦歌，依琴瑟而咏歌。宋 苏轼《和王胜之三首·其二》诗云：“斋酿如渑涨绿波，公诗句句可弦歌。”惠音，清扬和畅之音。晋 陆机《拟东城一何高诗》云：“闲夜抚鸣琴，惠音清且悲。长歌赴促节，哀响逐高徽。”

高亢，声调或情绪高昂、激动。宋 林逋《隐居秋日》诗云：“高亢可能称独行，穷空犹拟赖斯文。”低徊，形容萦绕回荡。盈耳，（歌乐之声）充盈耳畔。唐 白居易《西楼喜雪命宴》诗云：“光迎舞妓动，寒近醉人销。歌乐虽盈耳，惭无五袴谣。”平水韵下平十二侵。此诗 2018 年 12 月 15 日作于温哥华。

前些天在校群里先后听了高援生和张健两位老同学在某 K 吧里演唱的歌曲，既高兴也惊讶。一位歌唱已达专业水准，字正腔圆；另一位歌声激越婉转，富有感情。欣赏之余，我的心情也愉悦起来。特赋此诗以记之。

五分秋色

曲径通幽带晓风，五分秋色出其中。
空林笑语闻何处？原是登山妪与翁。

注：曲径通幽，指弯曲的小路通到风景美丽的地方，形容景色雅致迷人。典出唐 常建《题破山寺后禅院》一诗：“清晨入古寺，初日照高林。曲径通幽处，禅房花木深。”晓风，早晨的风。唐 李绅《新楼诗二十首·满桂楼》诗云：“萧瑟晓风闻木落，此时何异洞庭秋。”五分，犹言五成、一半。宋 吴泳《宣城劝农》诗云：“一分东作五分春，相汝耕夫更在勤。”

空林，渺无人迹的树林。晋 张协《杂诗十首·其六》诗云：“咆虎响穷山，鸣鹤聒空林。”妪与翁，老妇与老头。宋 赵孟頫《题耕织图二十四首奉懿旨撰》诗云：“酤酒田家饮，醉倒妪与翁。”平水韵上平一东。此诗 2019 年 9 月 24 日作于合肥。

昨日秋分，秋高气爽，是远足登山的好日子。合肥一中老三届几位七十来岁同班老同学，如张士侔、张彩放和王岩，相约早晨去爬大蜀山。这次登山的最大收获就是一边走山路一边絮絮叨叨、笑声不断。不过我们当时到底说了些什么，可惜大多很快忘掉了。

揽月桥头

揽月桥头独自游，风光依旧入新秋。
山河寥落身先老，好在吾侪未忘忧。

注：揽月桥，深圳市荔枝公园里一座最高的石拱桥。依旧，依然和从前一样。宋 苏轼《浣溪沙•赠闾丘朝议，时还徐州》词云："霜鬓不须催我老，杏花依旧驻君颜。"新秋，初秋，即农历七月，也指今秋。北周 庾信《拟咏怀•其十八》诗云："残月如初月，新秋似旧秋。"

寥落，多义，这里指衰落、冷清、寂寞等。宋 刘子翚《汴京纪事二十首•其二》诗云："唐虞盛事今寥落，尽卷清风入圣朝。"好在，幸亏。宋 陆游《湖上》诗云："犹怜不负湖山处，好在平生旧钓矶。"吾侪，我们这代（类）人。宋 陆游《初夏杂兴》诗云："自断残年莫问天，吾侪何处不随缘。"忘忧，忘却忧愁。明 唐寅《花降图》诗云："春色撩人不自由，野花满地不忘忧。"平水韵下平十一尤。此诗 2019 年 8 月 9 日作于深圳荔枝公园。

我们这代人经历了这几十年来几乎所有的政治风雨和生活坎坷，如今都老了，但还有一颗批判现实的忧国忧民之心。此诗表达了这一点。

初月旧情

风吹池水皱难平，雨过新秋念旧情。
初月虽知余未老，照人还是显凄清。

注：新秋，初秋、今秋。宋 欧阳修《渔家傲•七月新秋风露早》词云：“七月新秋风露早。渚莲尚拆庭梧老。”北周 庾信也有《拟咏怀》之十八云：“残月如初月，新秋似旧秋。”旧情，旧时的情谊。宋 寇准《虚堂》诗云：“虚堂寂寂草虫鸣，欹枕难忘是旧情。”

初月，农历月初的弯月，或泛指初升的月亮。唐 卢照邻《长安古意》：“片片行云着蝉鬓，纤纤初月上鸦黄。”余，古语第一人称“我”。西晋 陆机《叹逝赋》曰：“托末契于后生，余将老而为客。”未老，还没有变老或结束。宋 李曾伯《临江仙•甲寅中秋和刘舍人赏月》词云：“不妨人未老，长与月相期。”凄清，冷清、孤单。清 江炳炎《忆旧游•送杨耘谷游江楚诸胜》词：“别后凄清意，问隔窗梅影，谁伴黄昏？”平水韵下平八庚。此诗 2019 年 9 月 6 日作于深圳。

古人在谈论旧情时总喜欢与月亮连在一起。比如宋代词人徐宝之就曾有词云：“旧情著处，看月西窗。”我也不能免俗，看到窗外初月，思念故人，就写了这首诗。

雨后天青

雨后天青景色新，少年结识总归亲。
十年倏忽庐州梦，老酒三杯敬故人。

注：天青，蓝色的天空。宋 陆游《露坐》诗云：“星稀避月门，河白映天青。”归亲，亲近。《管子·君臣上》曰：“百姓上归亲于主，而下尽力于农矣。”倏忽，指时光流逝很快。唐 杜甫《百忧集行》诗云：“即今倏忽已五十，坐卧只多少行立。”庐州，合肥别称。

老友朱立贵先生及其夫人刘玉珍女士10年前曾在同一地点宴请我的太太孙萍和我，在座均为总角之交，如王英琦、张建国和徐桂英等是我少年时代便结识的朋友，所以这里才有“十年倏忽庐州梦”一说。末句则是描述当时依照古代礼仪敬酒三杯的情形。《礼记·玉藻》曰：“君子之饮酒也，受一爵而色洒如也，二爵而言言斯，礼已三爵而油油，以退。”此处说的就是这个道理。平水韵上平十一真。此诗2018年5月27日作于合肥。

醉吟

首夏清和草木深，又归故里聚知音。
人生当重同窗谊，今日多情作醉吟。

注：首夏，初夏，指农历四月。宋 杨万里《西园晚步二首·其一》诗云："南荒北客难将息，最是残春首夏时。"清和，指天气清明和暖，也指农历四月。这句诗典出南北朝诗人谢灵运《游赤石进帆海》，诗云："首夏犹清和，芳草亦未歇。"故里，旧时的门巷故居，也指故乡、老家。唐 李中《送人南游》诗云："早思归故里，华发等闲生。"知音，知己、同好。唐 杜甫《哭李常侍峄二首·其一》诗云："斯人不重见，将老失知音。"

多情，情感浓厚，富有感情。唐 杜牧《赠别》诗云："多情却似总无情，唯觉樽前笑不成。蜡烛有心还惜别，替人垂泪到天明。"押平水韵下平十二侵。2018 年 6 月 12 日，即农历四月二十九日，合肥一中老三届部分老同学在黄长明、刘小林等张罗下，为欢迎我们夫妇及另一位学长莫欣回合肥，相聚于杏林阁。聚会上我们觥筹交错，互道珍重，实在难得。酒酣之余特作此绝句以为念。

同心

烟云雨后布青林，大蜀山前论古今。
老友相逢须酌酒，一樽天禄敬同心。

注：青林，指苍翠的山林。大蜀山，位于合肥西部的一座孤山，海拔高约 280 米。酌酒，饮酒。唐 王维《酌酒与裴迪》诗云：“酌酒与君君自宽，人情翻覆似波澜。”樽，盛酒的器具。唐 李白《行路难•其一》诗云:“金樽清酒斗十千，玉盘珍羞直万钱。”天禄，指酒。《汉书•食货志下》：“酒者，天之美禄。”同心，指志同道合，这里引申为知己。唐 王维《送綦毋潜落第还乡》诗云：“置酒临长道，同心与我违。”宋 陆游也有《羲农》诗云：“安得同心者，灯前语造微？”押平水韵下平十二侵。此诗 2018 年 6 月 19 日作于合肥桂花园。

今天我邀请了两位老友也是老学长及其夫人们在寒舍小聚，不亦乐乎。其中一位 87 岁的胡家博先生，1950 年合肥一中（原庐州中学堂）毕业后考入清华大学水利系，后留校任教，1957 年因为其老师黄万里先生鸣不平而被打成右派，历尽苦难，“文化大革命”后被平反，重回清华水利系任教授。胡夫人为韩磊女士。另一位则是合肥一中老三届 66 届学长陈同方先生，其夫人为钱静敏女士。

秋风又到蜀山西

秋风又到蜀山西，吹得郊原草木凄。
想念故人无处见，不堪惆怅夕阳低。

注：蜀山，指合肥西郊大蜀山国家森林公园。平水韵上平八齐。此诗 2019 年 10 月 29 日作于合肥。

2013 年深秋，已故陆子修先生及其夫人赵国琴大姐曾与我们夫妇多次来到这块风景旖旎、游人罕至的地方散步和交谈。那天傍晚，我和太太时隔 6 年再次开车来到这里，发现秋光依旧，物是人非，不胜感慨之下，便吟哦了这首绝句。

2013 年从春至秋，时年 80 岁的陆子修先生和吴镕先生领衔，汇聚一批安徽、江苏和广东三省老干部和学者，开展并完成了一个规模较大的名为“十县百村千户土地制度改革调研项目”，最后形成了一份有关土地制度改革的报告，提出了赋予农民更多土地财产权的改革建议（详见人民网 2013 年 10 月 23 日《关于农村土地产权制度改革政策建议》）。然而令人悲痛的是，一生对农民土地权益念兹在兹的陆子修先生不久就因过度疲劳而病倒，并于第二年深秋不幸辞世了。

师生之谊

师生情谊足风流，半世终然已白头。
共忆当年陈旧事，如今鹤舞在庐州。

注：风流，意风雅潇洒，芳流飘逸。唐 牟融《送友人》诗云："衣冠重文物，诗酒足风流。"终然，最终、终于如此了。唐 韦应物《授衣还田里》诗云："终然可乐业，时节一来斯。"

陈旧事，陈说旧事。鹤舞，意健康长寿。典出唐 陈子昂《春日登金华观》诗云："鹤舞千年树，虹飞百尺桥。还疑赤松子，天路坐相邀。"赤松子是传说中古代著名的长寿仙人。平水韵下平十一尤。此诗 2018 年 6 月 25 日作于合肥。

那天王贤德学长做东，合肥一中 80 多岁的高玉骅老师及其夫人、李胜利、杜一平夫妇和王士珑等学长出席了聚会，师生欢聚甚为难得。古人在谈到友谊时会根据对象及其类型的不同而冠之以某某之谊，比如与师生之谊类似的私淑之谊，同学之间的同窗之谊，战友之间的袍泽之谊，等等。这些友谊都是人生中最宝贵的情谊，值得人们珍惜。

今思往事

曾栽桃李泮宫边，别后居然散似烟。
莫怪如今思往事，秋风又起叹流年。

注：桃李，多比喻老师教过的学生。唐 刘禹锡《宣上人远寄和礼部王侍郎放榜后诗，因而继和》诗云：“一日声名遍天下，满城桃李属春官。”泮宫，古代的国家高等学校，这里指大学。《礼记•王制》：“大学在郊，天子曰辟雍，诸侯曰泮宫。”流年，光阴。唐 徐铉《正初答钟郎中见招》诗云：“流年倏忽成陈事，春物依稀有旧情。”平水韵下平一先。此诗 2017 年 9 月 7 日作于深圳。

1994 年我回国后调至安徽大学经济学院国际贸易系任教。1997 年秋我又调离安徽大学到深圳工作了。在此期间我教了三届毕业班本科生和硕士生。最后那届学生青春靓丽、英俊潇洒，年龄大多比我小两轮，与我一样属虎，我们师生之间相处得很是融洽投缘。遗憾的是，他们毕业后我也随之调走了，自此便与他们都失去了联系。夫子曰：“默而识之，学而不厌，诲人不倦，何有于我哉？”（摘自《论语•述而》）信然也。

相逢益发舒

春日相逢益发舒，此时不乐复何如？
行知前路多同砚，自是人生实不虚。

注：发舒，多义，这里有放达、亢奋、言无约束等意。明 沈德符《野获编·督抚·秦中丞》：“既许上官得志，意气益发舒，人多畏恶之。”复何如，又如何，又能怎么样？魏晋 陶渊明《读山海经·其一》诗云：“俯仰终宇宙，不乐复何如？”行知，实践中得到的认识。清 曾国藩《送唐先生南归序》曰：“博求万物之理，以尊闻而行知。”同砚，同窗、同学。自是，自然是。唐 李商隐《咸阳》诗云：“自是当时天帝醉，不关秦地有山河。”不虚，没有空度，没有白来一趟。宋 陆游《楼上醉书》诗云：“丈夫不虚生世间，本意灭虏收河山。”平水韵上平六渔。此诗 2017 年 4 月 8 日作于合肥。

那天我应邀出席合肥一中老三届 67 届初中老同学，也是学弟学妹们毕业 50 周年的聚会，会后全场老同学们在欢快的《小苹果》舞曲中居然绕着大厅跳起了长长的接龙舞，场面震撼，让不会跳舞的我以及其他几位应邀出席的老同学，如汪沪敏和方敏等，均情不自禁地参与其中。于是赋此诗以记之。

黄鹤楼前

黄鹤楼前水逝之，行寻又遇旧相知。
举杯莫问将来事，缘起重逢会有时。

注：黄鹤楼，这里代指武汉。行寻，寻访，这里指到武汉追寻先父足迹之行。宋 朱熹《奉同尤延之提举庐山杂咏十四篇·其七·万杉寺》诗云："行寻庆云寺，想像昭陵时。"旧相知，指老朋友。唐 白居易《江楼偶宴赠同座》诗云："相逢且同乐，何必旧相知。"缘起，佛教术语，一切有为法，即存在之法，都是因各种因缘而成，此理即为缘起，也是佛法的根本。平水韵上平四支。此诗2018年6月4日晚作于汉口。

那是我第一次去武汉，此行目的一是寻访先父八十多年前在武汉，尤其是在汉口参加革命和抗日救亡时工作与居住过的旧址，发思古之幽情；再就是与四十多年未见、身在武汉的数十位上海外国语学院老同学一聚，摅（抒）怀旧之蓄念也。那天我见到了周希林、蔡申左和郑雪等老同学，十分高兴。

老友忘形

少年交谊总纯真，宴聚温馨酒意醇。
老友相逢无禁忌，忘形大笑是何人？

注：交谊，交情友谊。明 高启《寄杜二进士》诗云：“交谊多年见，乡愁近日知。”纯真，纯洁真挚。唐 李白《白鸠辞》诗云：“白鹭亦白非纯真，外洁其色心匪仁。”宴聚，宴饮聚会。宋 司马光《用安之韵招君从安之正叔不疑二十六日南园为其二》诗云：“真率春来频宴聚，不过东里即西家。”酒意，指将醉的感觉和神情，酒意朦胧。宋 李清照《蝶恋花•暖雨晴风初破冻》词云：“酒意诗情谁与共？泪融残粉花钿重。”

禁忌，被禁止或忌讳的言行。唐 苏拯《明禁忌》诗云：“阴阳家有书，卜筑多禁忌。”忘形，原指超然物外，忘了自己的形体，后形容过度高兴而失去常态。亦指朋友相处不拘形迹。唐 韦庄《对酒》诗云：“何用岩栖隐姓名，一壶春酎可忘形。” 平水韵上平十一真。此诗 2016 年 11 月 13 日作于合肥。

那天合肥一中部分老三届同学聚会，我与吴经芳、吴正安和刘海彬等老同学同桌开心之至，了无矜持，几度忘形大笑，赋此诗而记之。

久客还乡

时近清明祭祀忙，天涯久客亦还乡。
多年故旧今宵见，诗酒衔欢各尽觞。

注：祭祀，拜祭先人或神明的一种仪式。清明时节祭祀多是指扫墓。宋 张元干《彭德器北堂太夫人挽诗》诗云：“白头躬祭祀，老眼喜缝纫。”久客，指久居外乡的人。宋 陆游《宴西楼》诗云：“万里因循成久客，一年容易又秋风。”

故旧，故人旧友之合称。唐 张贲《送浙东德师侍御罢府西归》诗云：“孤云独鸟本无依，江海重逢故旧稀。”诗酒，诗与酒，也表示作诗与饮酒。宋 苏轼《寄黎眉州》诗云：“且待渊明赋归去，共将诗酒趁流年。”衔欢，心怀快乐。唐 岑羲《夜宴安乐公主新宅》诗云：“衔欢不觉银河曙，尽醉那知玉漏稀。”尽觞，饮尽杯中之酒。唐 李白《金陵酒肆留别》诗云：“金陵子弟来相送，欲行不行各尽觞。”平水韵上平七阳。此诗 2019 年 4 月 3 日晚作于合肥。

那天我应合肥一中老三届 68 届部分老同学（如周晓华、汪碧康、郑斌和罗国南等学妹学弟）相邀而聚，很是高兴。我在谈笑之余，感慨良多，就写了这首诗。

第三章　亲情

陌上闲游

高天鸥鸟自然鸣，陌上闲游夕景明。
莫道老来恩爱少，但知更且解风情。

注：闲游，闲逛。宋 陆游《闲游》诗云：“自笑闲游心未歇，青鞋蹋踤白云堆。”夕景，指夕阳。晋 挚虞《思游赋》诗云：“星鸟逝而时反兮，夕景潜而且融。”但知，却知道。宋 章甫《和刘岩隐道士》诗云：“休说有身真是患，但知得酒不须名。”

更且，犹并且，表示更进一层的意思。宋 朱淑真《春归五首·其一》诗云：“凭谁碍断春归路，更且留连伴翠微。”风情，指志趣、情怀和风雅情趣，也作男女之情等解。南唐 李煜《柳枝》词云：“风情渐老见春羞，到处芳魂感旧游。”

太太孙萍来温哥华后，我的日子轻松了不少。有时间我们两人就去北边的公园散步、聊天。平水韵下平八庚。此诗 2018 年 12 月 1 日作于温哥华。

温哥华除夕

未闻炮竹伴惊呼，亦未新桃换旧符。
方喟镜中须发白，孙儿催我饮屠苏。

注：屠苏，酒名。过年时饮屠苏酒以避瘟疫为中国古代习俗，这里喻指过年吃年夜饭了。宋 王安石《元日》诗云："爆竹声中一岁除，春风送暖入屠苏。千门万户曈曈日，总把新桃换旧符。"宋 陆游《除夜雪》诗云："半盏屠苏犹未举，灯前小草写桃符。"二者皆咏其俗。喟，叹气的样子。《说文》曰："喟，大息也。"（大同"太"）此诗 2018 年 2 月 15 日作于温哥华。

在国外过年于我而言已不是第一次，但在周遭毫无年味的恍惚间我常常会忘记要过农历的除夕。好在现在有了微信和 QQ，亲友们接二连三的炽烈的新年祝福时时提醒着自己：过年了。这首绝句就是在这种心境下写出来的。可是当我端起酒杯吃年夜饭时，大洋彼岸的亲友们可能都已经在忙于拜年了。

观外孙水彩画“朝阳”有感

夜雨迟停冷意侵，晴曦忽现暖山林。
朝阳画出胭脂色，一苇迎风影更深。

注：晴曦，阳光。宋 孙应时《子宝东归以嘤其鸣矣求友声为韵作古诗七章宽》诗云：“故山隔湖活，浮云翳晴曦。”“朝阳画出胭脂色”一句典出宋 欧阳修《渔家傲•粉蕊丹青描不得》词云：“夜雨染成天水碧。朝阳借出胭脂色。”一苇，一束芦苇。《诗经•卫风•河广》云：“谁谓河广？一苇杭之。”唐 孔颖达 疏：“言一苇者，谓一束也，可以浮之水上而渡，若桴栰然，非一根苇也。”平水韵下平十二侵。此诗 2018 年 12 月 26 日作于温哥华。

小外孙董翰辰（Leo）那年 12 岁，在温哥华上小学 7 年级。那天他画了人生中第一幅水彩画。巨大且火红的有点像梵高风格的太阳和近乎墨色的山峦前些天就完成了，一直放在画架上。我问他还准备再画些什么，他说：芦苇。但他一直拖到我作此诗的前一天中午才跑到画架前去画那芦苇。不过让人高兴的是，那几根墨色的芦苇也确实让整个画面生动了起来。于是他给这幅画起名为《朝阳》。

祖心

方外之人试遁音，时逢秋季伴枫林。
一双忙手无闲处，不为功名为祖心。

注：方外，一般指世俗礼教之外，亦可指国外，这里指后者。遁音，意销声匿迹，隐居某处。东晋 谢灵运《山居赋》曰："投吾心于高人，落宾名于圣贤。广灭景于崆峒，许遁音于箕山 。"功名，功业与名声。《庄子·山木》曰："削迹损势，不为功名。"唐 成玄英 疏："削除圣迹，损弃权势，岂存情于功绩，以留意于名誉！"祖心，祖师或祖辈之心，这里借指外公对外孙之心。宋 张耒《访昙上人有感》诗云："静境亦何有，无言知祖心。"平水韵下平十二侵。此诗 2018 年 9 月 28 日作于温哥华。

有朋友说，第二句"时逢秋季伴枫林"中用的"伴"字很传神，体现了作者"独自一人枫作伴"的真实意境。我苦笑着说："你说得对。谢谢你的细心观察和分析！"其实，我在香港飞温哥华那天写的那首《西行》中就说到了这一点："欲叙亲情家国远，何人共我度中秋？"

余音

高潮只在剧中时，原是成童管乐吹。
一曲夷歌方奏罢，余音催我即吟诗。

注：成童，年龄稍大的儿童。或谓八岁以上，或谓十五岁以上，说法不一。《谷梁传•昭公十九年》曰：“羁贯成童，不就师傅，父之罪也。”范宁 注：“成童，八岁以上。”夷歌，泛指外族的歌曲。晋 左思《蜀都赋》曰：“陪以白狼，夷歌成章。”

余音，指音乐演奏后好像还留在耳边的声音。汉 张衡《思玄赋》曰：“素女抚弦而余音兮，太容吟曰念哉。”宋 苏轼《将至广州用过韵寄迈迨二子》诗云：“蛮唱与黎歌，余音犹杳杳。”即，多义，这里指立刻、马上。唐 陆龟蒙《别离》诗云：“蝮蛇一螫手，壮士即解腕。”平水韵上平四支。此诗 2018 年 12 月 19 日作于温哥华。

那天外孙所在小学（Sir William Osler Elementary）举办了冬庆演出会。1–7 年级学生及老师都纷纷上台表演节目。外孙作为学校乐队成员之一也上场演奏了萨克斯风。他们乐队的演奏整齐划一，节奏流畅，一曲奏罢，全场响起热烈的、经久不息的掌声。这首诗就是在那个场合酝酿并吟哦出来的。

人生已老诗难老

岁末觥筹美酒开，他乡虽好也徘徊。
人生已老诗难老，吟得朝阳跳出来。

注：岁末，每年的最后一月，这里引申为最后一天。觥筹，觥为酒具，筹乃酒令，这里指喝酒。宋 晏殊《浣溪沙•阆苑瑶台风露秋》词云："阆苑瑶台风露秋。整鬟凝思捧觥筹。" 徘徊，游移不定貌。唐 柳宗元《南涧中题》诗云："索寞竟何事，徘徊祇自知。"第三句"人生已老诗难老"，意思是人虽然老了，但吟的诗却没有老，还是有活力的，并为最后一句作了铺垫。平水韵上平十灰。此诗 2017 年 12 月 31 日作于温哥华。

那天我邀请我的学生也是亲友朱标、孙豫蓉一家到女儿女婿新家一聚。我下厨做了一些久违了的家传菜肴，又喝了一些家乡酒，很是高兴，于是便吟哦了这首绝句。

霖

秋雨连绵已为霖，不期魂悸更交侵。
有情总比无情苦，息女何牵怙恃心！

注：霖，久下不停的雨。《左传•隐公九年》曰：“凡雨，自三日以往为霖。”魂悸，惊惧惶惑。唐 李白《梦游天姥吟留别》诗云：“忽魂悸以魄动。”交侵，跌相侵犯。《三国志•魏志•夏侯玄传》曰：“奚必使中正干铨衡之机于下，而执机柄者有所委仗于上，上下交侵，以生纷错哉？”

有情，有情感。唐 李贺《金铜仙人辞汉歌》诗云：“衰兰送客咸阳道，天若有情天亦老。”无情，没有情感、情义。唐 崔涂《春夕》诗云：“水流花谢两无情，送尽东风过楚城。”息女，指亲生女儿，是古时在别人面前对自己女儿的称呼。怙恃，指做父母的人。《诗经•小雅•蓼莪》曰：“无父何怙？无母何恃？”后来用“怙恃”作为父母的代称，如少失怙恃。平水韵下平十二侵。此诗2018年8月29日作于大雨不断的深圳，当时女儿生病了，后经手术、放疗和服药，现已基本痊愈。

听雨

夜深难寐已三更，独卧窗前听雨声。
虽是多年情未改，伊人远隔大洋横。

注：伊人，此人、那个人。《诗经•秦风•蒹葭》云：“蒹葭苍苍，白露为霜。所谓伊人，在水一方。”我的太太此时还在国内，一周后才到温哥华来。平水韵下平八庚。此诗 2018 年 11 月 4 日夜作于温哥华。

听雨是一种意境，尤其是在晚上，外面很安静，虽然什么也看不见，可那雨声却声声入耳，躲也躲不了。古人也常将“听雨”写入诗词之中。有资料说，有 100 多首（阕）古人写的诗词中写了“听雨”二字。比如，宋 贺铸在他的《游少年》词中云：“谁爱松陵水似天。画船听雨奈无眠。”宋 苏轼的《侄安节远来夜坐三首•其一》诗也云：“南来不觉岁峥嵘，坐拨寒灰听雨声。遮眼文书元不读，伴人灯火亦多情。”看来这真是“听雨古今同意境，诗人无寐也无书”。

归心对月

一片归心对月明，此生交友尽豪英。
他乡怎与家乡比？况有庐州手足情。

注：归心，归乡之心。晋 王赞《杂诗》云：“朔风动秋草，边马有归心。”交友，结交朋友。唐 杜甫《送重表侄王砅评事使南海》诗云：“隋朝大业末，房杜俱交友。”豪英，豪杰英雄。宋 陈与义《临江仙·夜登小阁忆洛中旧游》词云：“忆昔午桥桥上饮，坐中多是豪英。”

他乡，家乡之外的地方。唐 李白《客中行》诗云：“但使主人能醉客，不知何处是他乡。”家乡，老家、故乡。唐 贺知章《回乡偶书两首其二》诗云：“离别家乡岁月多，近来人事半消磨。”况有，何况还有。宋 辛弃疾《水龙吟·甲辰岁寿韩南涧尚书》词云：“况有文章山斗。对桐阴、满庭清昼。”庐州，合肥的古称。手足，兄弟或指关系密切的朋友。宋 王炎《又五首·其一》诗云：“人生手足爱，念之搅中肠。”平水韵下平八庚。此诗2019年9月13日中秋夜作于合肥桂花园。

故乡仲秋之夜，桂香飘逸，皓月当空，独立清辉之下，想起即能陆续见面的兄弟姐妹和一众竹马之交的朋友，感慨系之，难以自抑，还是家乡好也。

汉口追思

汉口滩头旧事多，先人曾唱救亡歌。
此生难与龟山老，须著文章逐楚波。

注：救亡歌，指先父抗战初期（1935-1938）在汉口与何伟等人组建读书会、救国会，并与胡绳先生合作创办中共第一份公开出版物——《救中国》周刊的经历。楚波，泛指楚地的江河湖泽。唐 赵嘏《忆山阳二首》诗云："家在枚皋旧宅边，竹轩晴与楚波连。芰荷香绕垂鞭袖，杨柳风横弄笛船。""与龟山老"典出宋 王迈的沁园春《老先生独以身免》一词："昔尹公和靖，与龟山老，虽同名节，却异行藏。"最后两句是指我几年来撰写的《父亲的青年时代》系列文章，记述了先父在武汉、随县大洪山以及襄阳等地的足迹。押平水韵下平五歌。此诗2018年6月6日作于汉口。

那天我到80多年前先父与胡绳先生合作创办的《救中国》周刊的注册地点——汉口大智路韩家巷14号看了一下。据一位老汉口的朋友介绍，韩家巷14号原是一幢二层小楼，后拆除建了一幢多层建筑。令人高兴的是，韩家巷14号门牌地址还在，而且那株需要几人合抱、至少有一百多年树龄的大枫杨树依然矗立在不到100米长的韩家巷中，且树叶茂盛，一片青翠，还结出了一串串元宝形树籽。

拜谒溧阳史氏宗祠

史氏宗祠久已闻，如今方得一香焚。
功名终逐清风去，唯有亲缘不可分。

注：史氏宗祠，指溧阳史氏宗祠。先祖史可法，明末政治家，溧阳史氏“始迁祖”东汉溧阳侯史崇的四十九世孙。扬州城外梅花岭史可法衣冠冢纪念馆门前有清代诗人张尔荩撰的联：“数点梅花亡国泪，二分明月故臣心。”香焚，焚香。唐 贯休《山居诗二十四首》最后一首诗云：“香焚薝卜诸峰晓，珠掐金刚万境空。”

功名，功业与名声。宋 岳飞《满江红》词云：“三十功名尘与土，八千里路云和月。”清风，清凉的风，亦指清惠的风化和高洁的品格。《诗经•大雅•烝民》云：“吉甫作诵，穆如清风。”《毛传》注：“清微之风，化养万物者也。”薛综 注：“清惠之风，同於天德。”亲缘，血缘关系。”平水韵上平十二文。此诗2019年6月19日作于江苏溧阳。

溧阳市埭头镇的史侯庙，即史家宗祠，始建于东汉初年，是史姓家族一世祖溧阳侯史崇的墓地和祠堂，距今已近2000年。那天我偕太太拜谒了溧阳史家宗祠，还认识了史氏研究会的史国民、史荣之和史雪徽等人，了却了我多年的心愿。

第四章 怀旧

家乡此际升弦月

陌上秋枫落叶枯，去寻酒肆欲行酤。
家乡此际升弦月，独处时分想我无？

注：陌上，路上，田野。唐 温庭筠《菩萨蛮·杏花含露团香雪》词云：“杏花含露团香雪，绿杨陌上多离别。”酒肆，酤酒的地方，这里指酒业专卖店。《晋书·会稽文孝王道子传》曰：“道子使宫人为酒肆，沽卖于水侧，与亲昵乘船就之饮宴，以为笑乐。”行酤，买酒。汉王褒《僮约》曰：“舍中有客，提壶行酤，汲水作哺，涤杯整案。”

“想我无”里的“无”字放在句尾表示没有，意思是想我没有。唐韩愈《早春呈水部张十八员外·初春小雨》诗云：“天街小雨润如酥，草色遥看近却无。”平水韵上平七虞。此诗 2018 年 11 月 2 日作于温哥华，那天正是家乡农历九月下旬下弦月升起之时。

乡音

何处乡音最觉亲？庐州官话味疵醇。
今逢旧友终相聚，一醉如回淝水滨。

注：疵醇，有小毛病但味道很醇厚，一般是形容人和酒的。唐 韩愈《读〈荀子〉》曰：“孟氏，醇采醇者也。荀与扬，大醇而小疵。”（荀，指荀子；扬，指扬雄）。宋 范仲淹《谢黄惣太博见示文集》诗云：“仰止江夏公，大醇无小疵。”这里的“疵醇”二字用来形容合肥那种带有很多“兹、疵、斯”音的方言。淝水滨，指合肥。合肥位于南淝河与东淝河的交汇处，故得此名。平水韵上平十一真。此诗 2018 年 11 月 3 日作于温哥华。

乡音其实也是家乡的一部分，而且是不可或缺的一部分，在异国他乡听到乡音会令人十分高兴。合肥这个地方的乡音很特别。李鸿章是合肥人，当官后喜欢录用合肥老乡。清朝末年淮军驻防天津，流传一句顺口溜：“会说合肥话，就把洋刀挎。”李鸿章手下的淮系大将，诸如刘铭传、潘鼎新、张树声和刘秉璋等，都是合肥人。

钩月垂梢

钩月垂梢似玉心，东迎晓日却沉吟。
自从别后辜情义，无复重逢直到今。

注：钩月，这里指农历月底每天日出前在东方看到的下弦月。宋 秦观《南歌子•玉漏迢迢尽》词云：“水边灯火渐人行，天外一钩残月带三星。” 垂梢，挂在枝头。元 耶律楚材《和陈秀玉绵梨诗韵》诗云：“石门九月西风高，緜梨万树金垂梢。”玉心，坚贞如玉的心。唐 李白《怨情》诗云：“花性飘扬不自持，玉心皎洁终不移。”晓日，朝阳。唐 李白《哭宣城善酿纪叟》诗云：“夜台无晓日，沽酒与何人？”沉吟，沉思低吟，迟疑不决。东汉 曹操《短歌行》诗云：“青青子吟，悠悠我心。但为君故，沉吟至今。”

辜，亏负。唐 白居易《送兖州崔大夫驸马赴镇》诗云：“鲁侯不得辜风景，沂水年年有暮春。”情义，情谊、人情等。唐 杜甫《病后遇过王倚饮赠歌》诗云：“故人情义晚谁似，令我手脚轻欲漩。”无复，再没有。唐 韩愈《落叶送陈羽》诗云：“落叶不更息，断蓬无复归。”宋 张大亨《诗一首》云：“方寸平田便有余，子孙无复废耕锄。”平水韵下平十二侵。此诗 2018 年 12 月 5 日作于温哥华。

西窗苦雨

自酌樽前醉又醒，忽思故友旧情生。
寒灯夜半人无寐，坐听西窗苦雨声。

注：醒，酒醒。《说文》曰：“醒，一曰醉而觉也。”旧情，旧时的情谊。宋 徐铉《正初答锺郎中见招》诗云：“流年倏忽成陈事，春物依稀有旧情。” 明 罗贯中《三国演义》第二十七回曰：“乡人相遇，安得不叙旧情耶？”

寒灯，寒夜里的孤灯。唐 高适《除夜作》诗云：“旅馆寒灯独不眠，客心何事转凄然。”无寐，不能入睡。唐 吴融《秋夕楼居》诗云：“危栏倚遍都无寐，祇恐星河堕入楼。”苦雨，久下不停的雨。唐 钱起《新雨喜得王卿书问》诗云：“苦雨暗秋径，寒花垂紫苔。”平水韵下平八庚。此诗 2018 年 12 月 11 日作于温哥华。

那次温哥华的雨下了近一周，虽然不大，但淅淅沥沥地几乎没有停过，天气阴冷而潮湿。天气预报说，这个星期似乎每天都有雨。我等旅人，苦雨久矣。

霜叶知寒

霜叶知寒别空枝，远山犹自色参差。
不堪白发愁情老，人到黄昏忆旧时。

注：霜叶，经霜的树叶，尤指经霜后变红的枫叶。唐 杜牧《山行》诗云：“停车坐爱枫林晚，霜叶红于二月花。”犹自，尚自、仍然。唐　李白的《山中与幽人对酌》诗云：“我困欲眠卿且去，明朝犹自抱琴来。”参差，深浅高低不齐貌。宋 张栻《立春偶成》诗云：“便觉眼前生意满，东风吹水绿参差。”

不堪，不能忍受。唐 杜甫《水槛遣心二首•其二》诗云：“不堪祗老病，何得尚浮名。浅把涓涓酒，深凭送此生。”情老，情感老化迟钝了。宋 吕同老《天香（宛委山房拟赋龙涎香）》词云：“荀令风流未减，怎奈向飘零赋情老。待寄相思，仙山路杳。”平水韵上平四支。此诗 2018 年 12 月 13 日作于温哥华。

人老了喜欢忆旧，也是人之常情。其实，人老了有时也害怕忆旧。为何会害怕忆旧呢？此诗可能给出了我自己的解答。

怀旧

家乡处处有相知，怀旧从来不为迟。
方对纹枰论胜负，又回角力少年时。

注：相知，互相知心的朋友。宋 辛弃疾《夜游宫·苦俗客》词云："几箇相知可喜，才厮见，说山说水。颠倒烂熟只这是。怎奈向，一回说，一回美。"怀旧，怀念往事和故人。唐 杜甫《秦赠萧二十使君》诗云："结欢随过隙，怀旧益沾巾。"不为，不算，不是。南朝 宋 颜延之《陶徵士诔》曰："夫璿玉致美，不为池隍之宝；桂椒信芳，而非园林之实。"

纹枰，围棋盘古称，引申为下围棋。角力，意比试蛮力，以力量分高下，这里指扳手腕。《礼记·月令》曰："〔孟冬之月〕天子乃命将帅讲武，习射御，角力。"平水韵上平四支。此诗 2018 年 7 月 30 日作于合肥桂花园。

那几天我先是应邀参加老年大学老三届合唱团的唱歌比赛，后又与郭俊、刘路和郭建等老棋友下了几盘围棋，还与年轻时就强壮如牛的老友薛全胜扳了手腕。这首诗就是在当时的心情下写出来的。

忆君

数天户牖闭闲云，雨雪连绵卧忆君。
记得那年同索醉，对斟至夜竟微醺。

注：闲云，悠闲自在的云，这里喻作者本人。唐 李白《赠丹阳横山周处士惟长》诗云："当其得意时，心与天壤俱。闲云随舒卷，安识身有无。"索醉，求得一醉。宋 赵必象《和文文溪庆徐固峰六十得子韵》诗云："他日浣花老，骑驴索醉扶。"平水韵上平十二文。此诗 2019 年 2 月 25 日作于温哥华。

我的老友侍红军在与癌症抗争多年后于 2018 年 3 月 4 日不幸辞世。他性豪爽，重友情，当过兵，下过岗，经过商，后事业有成，好水墨丹青，还赞助并组建过一个家乡足球队。我曾写过一首诗悼念他，即《悼友红军》："少年结义友情长，坎坷平生意气扬。曾约与君淝水聚，如今痛哭隔阴阳。"

转眼侍红军的一周年祭日快到了，那些天我病卧在床总想起过去。我俩年轻时都很能喝酒，每次到对方家里，常自己动手炒一盘花生米，然后两个人便就着带去的卤菜喝起酒来，而且总是喝不醉……

回乡续宿缘

樱花方谢紫藤嫣，万里回乡续宿缘。
更有友情醇似酒，相逢一笑已醺然。

注：嫣，美好的样子。南唐 冯延巳《三台令》词云：“春色，春色，依旧青门紫陌。日斜柳暗花嫣，醉卧春色少年。”宿缘，命中注定的缘份。唐 罗隐《寄右省王谏议》诗云：“自是宿缘应有累，可能时事更相关。”醺然，醉酒的神态。宋 陆游《杂感》诗云：“一杯浊酒即醺然，自笑闲愁七十年。”平水韵下平一先。此诗 2019 年 4 月 14 日作于合肥。

时已仲春。象征炽烈友情的樱花虽谢了，但表达依依思念之情的紫藤花却开了。那天我与合肥一中老三届部分校友相聚，十分高兴。人们都说少年友谊最单纯，此话非虚也。我们这些老同学在一起既是兄弟姐妹，又是好友知音，且无话不谈。我们之间这份横亘半个世纪的友情就像淝河之水，清凌碧透，绵延不绝。特赋此诗以记之。

春聚

春聚庐州又别离，不知再见是何期？
故人虽远乡心近，他日重逢自有时。

注：庐州，合肥别称。宋 张祁《庐州诗》云：“特书旌死节，大字刻丰碑。碑阴有坚石，镌我庐州诗。”别离，比较久地跟熟悉的人或地方分开。宋 辛弃疾《浣溪沙·别杜叔高》词云：“这里裁诗话别离。那边应是望归期。”何期，什么时候。唐 元稹《江陵三梦》诗云：“情知梦无益，非梦见何期。”

故人，旧交、老友。唐 王维《送元二使安西》诗云：“劝君更尽一杯酒，西出阳关无故人。”乡心，思乡之心。唐 张籍《冬夕》诗云：“寒蛩独罢织，湘雁犹能鸣。月色当窗入，乡心半夜生。”平水韵上平四支。此诗 2019 年 4 月 17 日作于合肥。

仲春时节，风物宜人。那两天，我的老友、同为皖籍的大学同班同学的马运生和王素娟在寒舍小住，朝夕相处，亲如家人。那天他们离肥回京，彼此惜别之情，溢于言表。赋此诗以记之。

各有风情自可矜

初夏郊原物景澄，白头良聚得乘兴。
相看不觉容颜老，各有风情自可矜。

注：景澄，风景清明。唐 贾岛《夏夜》诗云：“原寺偏邻近，开门物景澄。”白头，指老年人。唐 罗邺《赠僧》诗云：“唯有东林学禅客，白头闲坐对青山。”良聚，美好的聚会。宋 柳永《迎新春（大石调）》词云：“太平时、朝野多欢民康阜。随分良聚。堪对此景，争忍独醒归去。”乘兴，兴会所至，乘一时高兴。宋 苏轼《题永叔会老堂》诗云：“乘兴不辞千里远，放怀还喜一樽同。”

相看，彼此对看。宋 韩淲《浣溪沙·涧上昌甫有词》词云：“闲里相看两鬓秋。酒能沾醉雨能幽。”风情，风采、抱负及风雅的情趣。宋 陆游《雪晴》诗云：“老来莫道风情减，忆向烟芜信马行。”可矜，值得矜夸。宋 盛世忠《生涯诗》诗云：“壮岁欲飞腾。生涯亦可矜。”平水韵下平十蒸。此诗2019年5月6日晚作于合肥。

那天合肥一中老三届部分老同学与陈桂琴老师夫妇一起赴寿县小聚。这些老同学岁数均70左右，历经了半个多世纪以来几乎所有风雨，每一个人都是有故事有风情的人，都值得尊敬。此诗记录了这一点。

一弯钩月上黄昏

岸边芦苇见秋痕，不雨青池水未浑。
想得故人无觅处，一弯钩月上黄昏。

注：秋痕，秋天留下的烙印、痕迹。宋 仇远《眼儿媚·苔笺醉草调清平》词云："小乔不恋周郎老，翠被折秋痕。"不雨，未下雨。宋 梅尧臣《和中道雨树》诗云："一旬苟不雨，万木昏苍苍。"青池，水色清澈的池塘。唐 李白《晓晴》诗云："鱼跃青池满，莺吟绿树低。"

想得，想到、想着。唐 白居易《邯郸冬至夜思家》诗云："想得家中夜深坐，还应说著远行人。"无觅处，哪儿也找不到。宋 晏殊《木兰花·燕鸿过后莺归去》词云："长于春梦几多时，散似秋云无觅处。"钩月，月牙、弯月。唐 崔道融《秋霁》诗云："夜来江上如钩月，时有惊鱼掷浪声。"平水韵上平十三元。此诗 2019 年 10 月 2 日作于合肥。

昨日傍晚外出散步，忽见西天一弯钩月随着日落西山而逐渐清晰起来。徘徊在湖边，看着芦苇丛中忽隐忽现的那轮勾人心思的弯月，我不禁想起桩桩故人旧事，心中怅然也。

水乡向晚

暮色苍茫雾气重，水乡向晚见霞容。
蛙鸣不觉荷塘小，叙旧方知醉意浓。

注：水乡，一般指苏浙皖长江以南水网纵横地区。宋 白玉蟾《画中众仙歌》诗云："鲁直嗅之嫌无香，幻出江南烟水乡。"向晚，天色将晚、傍晚。唐 白居易《岁晚旅望》诗云："向晚苍苍南北望，穷阴旅思两无边。"霞容，彩霞的丽容。唐 常建《第三峰》诗云："旁映白日光，缥缈轻霞容。"

蛙鸣，青蛙的鸣叫声。明 刘基《五月十九日大雨》诗云："雨过不知龙去处，一池草色万蛙鸣。"荷塘，长满荷叶的池塘。唐 司空图《王官二首·其二》诗云："荷塘烟罩小斋虚，景物皆宜入画图。"叙旧，谈叙往事。唐 杜甫《敬寄族弟唐十八使君》诗云："归朝跼病肺，叙旧思重陈。"醉意，酒醉的感觉和神情。宋 杨万里《舟中新暑止酒》诗云："不如看人饮，亦自有醉意。"平水韵上平二冬。此诗 2019 年 5 月 26 日晚作于芜湖陶辛。

那天下午合肥一中老三届若干老同学应在芜老同学吴立春及其先生施振元邀请，在陶辛水乡某农家乐一聚。郊野之游，乡居难求；老友相会，不醉不休。我在醉意朦胧之余作此诗以记之也。

往事萦心

同学重逢感慨深，如流往事总萦心。
虽连细节都听过，依旧从前说到今。

注：同学，同师受业之人。唐 司空曙《题暕上人院》诗云：“更说本师同学在，几时携手见衡阳。”感慨，感触、感叹。宋 仇远《偶作》诗云：“故友凋零尽，中年感慨深。”如流，如同流水一般。唐 冯延巳《采桑子·小庭雨过春将尽》词云：“年光往事如流水，休说情迷。”萦心，牵挂心间。宋 卢炳《贺新郎·绿遍芳郊木》词云：“欲说萦心些个事，恐教人、蹙损眉峰绿。”

依旧，跟过去一样。宋 陈人杰《沁园春（赠陈用明）》词云：“相逢依旧开颜。听玉屑霏霏当暑寒。”说到今，说到今天。宋 王琪《梅》诗云：“只因误识林和靖，惹得诗人说到今。”平水韵下平十二侵。此诗2019年6月5日作于合肥。

那天十多位中学同班同学，其中有江栓发、史守森、赵晋中、宋建生、刘珍和杨新元等，在肥小聚，畅叙少年时代的友谊。有意思的是，说到少年时代那些陈年往事，大家听了多少遍也不嫌烦。

不知老矣

天目湖中夏水清，风轻可作短歌行。
不知老矣归何处？更欲吟怀契友情。

注：天目湖，江苏溧阳一处湖泊。夏水，古水名，这里指夏天的湖水。唐 元吉《石鱼湖上醉歌》诗云："石鱼湖，似洞庭，夏水欲满君山青。"短歌行，指东汉曹操所作四言诗歌名篇《短歌行》，其首句云："对酒当歌，人生几何？"其指人生苦短，看淡世事，放松自己，但也潜藏着一种积极进取的精神。宋 辛弃疾《水调歌头·壬子三山被召陈端仁给事饮饯席上作》词云："长恨复长恨，裁作短歌行。何人为我楚舞，听我楚狂声？"

老矣，指一个人步入老年。宋 辛弃疾《永遇乐·京口北固亭怀古》词云："凭谁问，廉颇老矣，尚能饭否？"更欲，更想。唐 于濆《金谷感怀》诗云："更欲住人间，一日买不得。"吟怀，作诗的情怀。唐 杜荀鹤《近试投所知》诗云："白发随梳落，吟怀说向谁。"契友，志趣和意气相投的朋友。平水韵下平八庚。此诗 2019 年 6 月 18 日作于溧阳天目湖畔。

落日动旧情

世上何曾大道行？悟迷无奈未分明。
已知往事如烟去，落日依然动旧情。

注：大道行，典出孔子《礼记•礼运》：“大道之行也，天下为公，选贤与能，讲信修睦。”悟迷，觉悟与迷惘。宋 释清远《标指六偈》曰：“迷者迷悟，悟者悟迷。迷悟同体，悟者方知。”分明，明确、辨明。五代 冯道《天道》诗云：“请君观此理，天道甚分明。”

往事，过去的事情。宋 晏几道《御街行•年光正似花梢露》词云：“岂知别后，好风良月，往事无寻处。”如烟，像云烟一样虚无缥缈、不可触摸。唐 刘禹锡《游桃源一百韵》诗云：“言毕依庭树，如烟去无迹。”旧情，旧时的情谊。宋 徐铉《正初答钟郎中见招》诗云：“流年倏忽成陈事，春物依稀有旧情。”平水韵下平八庚。此诗 2019 年 8 月 11 日作于深圳。

天下为公的原意是天下是众人的，而不是某一人或某一家的。但这个道理在人们心中多是模糊的。

第五章　思乡

一树春芽

一树春芽欲溢香，大洋彼岸海风凉。
如非想做归家客，何必逢人说故乡？

注：春芽，春日草木之芽。唐 白居易《石楠树》诗云：“春芽细炷千灯焰，夏蘂浓焚百和香。”彼岸，指太平洋西岸，即故乡中国。归家，回家。宋 刘克庄《子规》诗云：“我被微官拘束在，汝缘何事不归家。”故乡，老家、故国。唐 高适《除夜作》诗云：“故乡今夜思千里，霜鬓明朝又一年。”押平水韵下平七阳。此诗 2018 年 3 月 14 日作于温哥华。

此时温哥华，满街的樱花和枫树也还只是春芽粉苞，但我翻看去年今日在合肥所写的一首七绝时，居然产生了一种恍如置身于家乡的感觉。不过也快回去了。深圳此时早已是百花盛开，而合肥也应是“李花满树玉兰白”了吧？于是我便吟绝句一首以记之。

乡愁尽在目光中

晨星寥落望霜空，一列飞鸿正御风。
回首苍茫云水处，乡愁尽在目光中。

注：霜空，秋冬起霜的晴空。唐 张说《和朱使欣二首·其二》诗云："霜空极天静，寒月带江流。"御风，乘风而行，语出《庄子·逍遥游》："夫列子御风而行，泠然善也。"平水韵上平一东。此诗 2018 年 11 月 18 日作于温哥华。

乡愁，指思乡之愁。乡愁是一个社会学概念，但可能也具有心理学上的意义。美国心理学家约书亚·克拉普博士认为乡愁是一种对过去那种"可预测的、一致的、稳定的状态的依恋"，而这种依恋跟人们当下的处境其实关系不大。换句话说，即使故乡和家庭一并不尽如人意，但回想起来时，你可能依然会觉得"还是那会儿最好"。于是人们便喜欢怀旧。怀旧也就成了乡愁的一个落脚点。

就像鸽子恋巢一样，人的乡愁可能还有生物学上的解释，只是我们目前还不甚清楚而已。但是在很多情况下，人们的目光即可说明一切。

倦客乡心

庐州几度会群英，倦客乡心籍此平。
若得白头相顾老，余生更著故人情。

注：庐州，合肥古称。倦客，指客游他乡而对旅居生活感到厌倦的人。宋 苏轼《永遇乐•彭城夜宿燕子楼》词云：“天涯倦客，山中归路，望断故园心眼。”乡心，思念家乡的心情。唐 张籍《冬夕》诗云：“寒蛩独罢织，湘雁犹能鸣。月色当窗入，乡心半夜生。”籍此，凭借、抚慰。宋 邵雍《答人乞碧芦》诗云：“无功济天下，藉此一淹留。”

若得，如果能够。宋 苏轼《次韵段缝见赠》诗云：“若得与君连北巷，故应终老忘西川。”相顾，相视、对看，也指互相照顾。唐 储光羲《同王十三维偶然作十首•其十》诗云：“相顾始知悲，中心忧且栗。”著，明显、突出、显扬及附着等义。宋 陆游《卜算子•咏梅》词云：“已是黄昏独自愁，更著风和雨。”平水韵下平八庚。此诗 2019 年 11 月 8 日作于合肥。

老了回到故乡长住的感觉真好。过去几十年，天南地北、国内国外，四海为家。其实，亲友在哪里，家就在哪里。俗话说，叶落归根。这就是吧。

重阳望西

秋意浓时物象凄，满城红叶使人迷。
往年结伴登高去，今日重阳独望西。

注：物象，物体的形象；事物的现象。晋 王谧《答桓太尉难》：“良以冥本幽绝，非物象之所举；运通理妙，岂粗迹之能酬？”北魏 郦道元《水经注·洛水》曰：“北历覆釜堆东，盖以物象受名矣。”凄，本意为云雨兴起的样子。《说文》曰：“凄，雨云起也。”也有寒冷之意。如《诗经·邶风·绿衣》云：“絺兮绤兮，凄其以风。”唐末五代之际僧人可止的《雪十二韵》诗云：“落处咸过尺，翛然物象凄。”平水韵上平八齐。此诗 2018 年 10 月 16 日作于温哥华。

往年在家乡时，在重阳这天我总是会邀约一些好友一同爬山（深圳是爬笔架山，合肥则是爬大蜀山），既从风俗，同时又锻炼身体，共叙友情。然而今年重阳，因身在异乡，亲友寥落，爬山一事也就免了，我只好外出散步，时不时朝西边张望，以解思乡之愁也。

人老思归处

常赴他乡少在家，此生如旅逐天涯。
而今人老思归处，吟对庐园折桂花。

注：逐，追。《说文》曰："逐，追也。"天涯，极远的地方。这里也喻指难以穷尽的生活目标。宋 晁说之《病目作近体诗五首·其一》诗云："天涯二月无新历，京国三年误旧游。"吟对，吟诗作对。唐 赵嘏《寄卢中丞》诗云："独携一榼郡斋酒，吟对青山忆谢公。"庐园，庐舍和庭园。南北朝 谢灵运《初去郡》诗云："庐园当栖岩，卑位代躬耕。"吕向 注："庐，小屋也。"这里也有家乡庐州（合肥）小院的意思。平水韵下平六麻。此诗 2018 年 11 月 12 日作于温哥华。

每年秋季，家乡合肥居所桂花园里的金桂、银桂和红桂都会次第盛开，芬芳四溢，坐于屋内，仍感香气袭人；每年春季，小院内外数十株樱花怒放，一片粉红的世界。唐 宋之问《寒食江州满塘驿》诗云："吴洲春草兰杜芳，感物思归怀故乡。"不过，对我来说，则是"庐州时节樱桂芳，感物思归怀故乡"。

晴窗

异国悲秋道未穷，此间草木亦葱笼。
轻红重碧晴窗外，一缕乡情似雾中。

注：道，指理性思考。《庄子·缮性》曰："道，理也。……道无不理。"《管子·君臣上》曰："别交正分之谓理，顺理而不失之谓道""夫道者虚设，其人在则通，其人亡则塞者也，非兹是无以理人。"葱笼，形容草木青翠而茂盛。唐 元稹《春六十韵》诗云："洞房闲窈窕，庭院独葱笼。"

重碧，深绿色。唐 杜甫《宴戎州杨使君东楼》诗云："重碧拈春酒，轻红擘荔枝。" 晴窗，明亮的窗户。 唐 杜牧《闺情》诗云："暗砌匀檀粉，晴窗画夹衣。"宋 陆游《临安春雨初霁》诗云："矮纸斜行闲作草，晴窗细乳戏分茶。"乡情，思乡的心情。唐 刘禹锡《送令狐相公自仆射出镇南梁》诗云："夏木正阴成，戎装出帝京。沾襟辞阙泪，回首别乡情。"似雾，朦胧不清。宋 杨万里《秋雨叹十解》诗云："似雾如尘有却无，须臾密密复疏疏。"平水韵上平一东。此诗 2018 年 10 月 9 日作于温哥华。

夕阳如醉

碧荷凋悴作秋枯，寒鹭低飞入岸芦。
如醉夕阳知我意，酣红一片照归途。

注：凋悴，衰败凋落。宋 林景熙《枯树》诗云："凋悴缘何事，青青忆旧丛。"秋枯，秋天草木的枯败。宋 苏轼《和子由记园中草木十一首•其一》诗云："不爱当夏绿，爱此及秋枯。"寒鹭，鹭鸶。唐 唐彦谦《东韦曲野思》诗云："野莲随水无人见，寒鹭窥鱼共影知。"岸芦，岸边的芦苇。宋 杨万里《舟过谢潭三首•其二》诗云："岭草已青今岁叶，岸芦犹白去年花。"

知我意，知晓我的心意。宋 邵雍《春尽后园闲步》诗云："好风知我意，故故向人吹。"酣红，因酒醉而脸上呈现的红色。宋 范成大《州宅堂前荷花》诗云："凌波仙子静中芳，也带酣红学醉妆。"平水韵上平七虞。此诗2019年10月10日作于合肥。

那天散步晚归，即将陨落的夕阳突泛出一片酒醉似的酣红色。那种大自然的美稍纵即逝，却让路人惊呼，也让我感叹不已，便写下了这首绝句。

蹇客迟归

他乡白首也蹉跎，故国芳菲枉逝波。
蹇客迟归春自去，赏花无处奈愁何？

注：蹉跎，虚度光阴，任由时光流逝而毫无作为。唐 王维《老将行》诗云："自从弃置便衰朽，世事蹉跎成白首。"芳菲，花草盛美，香花美草。唐 韩愈《梁国惠康公主挽歌二首•其二》诗云："从今沁园草，无复更芳菲。"枉，徒然，白费。唐 崔道融《读杜紫微集》诗云："还有枉抛心力处，多于五柳赋闲情。"逝波，一去不返的流水。清 唐孙华《春雨》诗云："黯淡过三月，芳菲逐逝波。"

蹇客，潦倒的旅人。这里喻指作者弥患腰疾，腿脚不便。蹇，意跛足。清 朱伦瀚《蹇客叹》诗云："唳月征鸿飞不定，忽闻蹇客悲声高。"赏花，观赏应时花卉。宋 赵长卿《点绛唇•春半》词云："轻暖轻寒，赏花天气春将半。"奈愁何，愁又如何。宋 朱敦儒《浣溪沙•赠贲大夫歌者，其人尝在大家》词云："拥髻凄凉论旧事，曾随织女度银梭。当年今夕奈愁何。"平水韵下平五歌。此诗 2019 年 2 月 26 日作于温哥华。

那天我看到一则消息说深圳的樱花盛开了，上面还介绍了一些观赏樱花的好去处。可惜我腰疾未愈，一时无法回国赏花，便写了这首诗。

一湾秋色

一湾秋色夕阳低，宿鸟争林尽自啼。
何处金风梳玉桂，馨香满径使人迷。

注：宿鸟，归巢栖息的鸟。唐 杜甫《无家别》诗云：“宿鸟恋本枝，安辞且穷栖。”尽自，总是、老是。宋 吴潜《泛湖次韵》诗云：“浮生要足何缘足，枝上鸼鹩尽自安。”

金风，秋风。《文选·张协》：“金风扇素节，丹霞启阴期。”李善注：“西方为秋而主金，故秋风曰金风也。”玉桂，桂花树的美称。唐 李山甫《月》诗云：“玉桂影摇乌鹊动，金波寒注鬼神惊。”馨香，散播很远的香气。“《古诗十九首·庭中有奇树》诗云：“馨香盈怀袖，路远莫致之。”迷，多义，这里指沉迷、使迷惑。唐 杜牧《柳绝句》诗云：“数树新开翠影齐，倚风情态被春迷。”平水韵上平八齐。此诗2019年10月18日作于合肥。

这些天在合肥，无论在哪里，公园、小区甚至车水马龙的街市上，人们都能看到色彩纷呈、繁花盛开的桂花树，并闻到桂花的那种独特的馨香。合肥将桂花作为市花，名实相符。

归期

去国难舒故里心，闲时总好听遐音。
归期已定于春日，别后思乡直到今。

注：去国，离开故国、故乡。唐 柳宗元《别舍弟宗一》诗云：“一身去国六千里，万死投荒十二年。”故里，指旧时的街巷门头，也指老家、家乡。唐 李中《送人南游》诗云：“早思归故里，华发等闲生。”遐音，多义，这里指远方来的音讯。晋 陆云《九愍•修身》诗云：“仰勋华之耿辉，咏三辟之遐音。”

归期，归来、回去的日期。唐 李商隐《夜雨寄北》诗云：“君问归期未有期，巴山夜雨涨秋池。”春日，春天，春季。《诗经•豳风•七月》曰：“春日载阳，有鸣仓庚。”直到，一直到（多指时间）。唐 王建《宿长安县后斋》诗云：“喜欢得伴山僧宿，看雪吟诗直到明。”平水韵下平十一侵。此诗 2019 年 3 月 2 日作于温哥华。

古人的诗词中归期通常难定。如晏几道说：“天涯岂是无归意，争奈归期未可期。”欧阳修说：“堪恨风流成薄幸，断无消息道归期。”苏轼则是乐观派，他说：“作个归期天已许。”我却说：“归期已定于春日。”

家乡慰心

春意阑珊小院深，繁花落尽绿成阴。
时逢老景常怀旧，最是家乡慰我心。

注：春意，春天的气象；阑珊，将尽、将衰。春意阑珊，指春天就要过去了。典出南唐 李煜《浪淘沙令·帘外雨潺潺》一词："帘外雨潺潺，春意阑珊。"繁花落尽，同繁华落尽，亦可指韶华逝去。典出唐 刘禹锡《送寥参谋东游二首·其二》一诗："繁花落尽君辞去，绿草垂杨引征路。东道诸侯皆故人，留连必是多情处。"

老景，指春天已逝的景色，也指老年时的景况，犹晚年。在这里两个含义均有。唐 李贺《河南府试十二月乐词·四月》诗云："老景沉重无惊飞，堕红残萼暗参差。"宋 辛弃疾《水调歌头·元日投宿博山寺见者惊叹其老》词云："老景竟何似，只与少年同。"慰我心，抚慰我的心。唐 李德裕《思平泉树石杂咏一十首·海上石笋》诗云："何以慰我心，亭亭孤且直。"平水韵下平十二侵。此诗 2019 年 4 月 26 日作于合肥桂花园。

暮春时节，繁花落尽，绿树成荫。然而，乡情如酒，清香醇厚，可慰我心。

风光如酒醉乡关

疏林宿鸟暮时还，青柳黄花小径弯。
仲夏夕阳明绿水，风光如酒醉乡关。

注：疏林，稀疏的林木。宋 苏辙《春深三首·其一》诗云："稍喜荒畦添野荠，坐看新竹补疏林。"宿鸟，傍晚归巢栖息的鸟。唐 李白《菩萨蛮·平林漠漠烟如织》词云："玉阶空伫立，宿鸟归飞急。何处是归程？长亭更短亭。"暮时，傍晚时分。唐 刘长卿《瓜洲道中送李端公南渡后，归扬州道中寄》诗云："惆怅江南北，青山欲暮时。"黄花，黄色的花，这里指蜀峰湾遍地生长的黄海棠。宋 牟融《春日田园杂兴五首·其一》诗云："黄花菜圃午风软，绿水秧畦春野平。"

绿水，绿色的湖水。宋 欧阳修《采桑子·轻舟短棹西湖好》词云："绿水逶迤，芳草长堤，隐隐笙歌处处随。"乡关，家乡、故乡。唐 崔颢《黄鹤楼》诗云："日暮乡关何处是？烟波江上使人愁。"平水韵上平十五删。此诗 2019 年 6 月 3 日晨作于合肥。

仲夏之时，阳光充沛，草木繁盛，山水之间更有一番风光。合肥国家森林公园大蜀山东麓的蜀峰湾就是这么一处风光旖旎、让人流连忘返的好地方。

喜鹊忽飞来

一场夜雨洗轻埃，池畔莲花待日开。
兀坐书房思绪远，窗前喜鹊忽飞来。

注：轻埃，轻薄的浮尘。唐 韦应物《对雨赠李主簿、高秀才》诗云："青山满春野，微雨洒轻埃。"待日，等待太阳出来。两汉 无名氏《长歌行》诗云："青青园中葵，朝露待日晞。"兀坐，独自端坐。唐 戴叔伦《晖上人独坐亭》诗云："萧条心境外，兀坐独参禅。"平水韵上平十灰。此诗 2019 年 6 月 30 日作于合肥桂花园。

昨夜有雨，我一觉睡到天亮，今晨神清气爽，独坐书房，想整理一下相关文稿。这时一只喜鹊忽然飞到窗外的阳台上喳喳叫个不停。我仔细一看，它嘴里还衔着一块东西不知何物，良久才飞走。

古人认为，喜鹊是一种吉祥鸟，于是什么好事都会与喜鹊挂上钩。比如，宋代诗人杜范有诗云："门前喜鹊来相报，知有骚人委色丝。"（色丝出自《世说新语·捷语》"黄绢幼妇，外孙齑臼"，与《曹娥碑》有关，喻绝妙好辞。）能写出好诗文居然也跟喜鹊登门有关？倘如此，今晨喜鹊来访我是得写一首诗以记之了。

第六章　合肥即景

秋尽庐州

昔作天涯浪迹游，今兹秋尽醉庐州。
白头相衬红枫老，碧水玄穹月似钩。

注：昔作，曾作为。宋 刘克庄《老欢》诗云：“昔作时来木居士，今为暑退竹夫人。”浪迹，到处漫游、不拘形迹。宋 苏轼《老人行》：“老人旧日曾年少。浪迹常如不系舟。”今兹，今此、今年。唐 张九龄《登荆州城楼》诗云：“今兹对南浦，乘雁与双凫。”秋尽，秋末、秋天快要结束了。唐 杜甫《秋尽》诗云：“秋尽东行且未回，茅斋寄在少城隈。”庐州，合肥古称。

玄穹，苍天，也指天黑了。晋 张华《壮士篇》诗云：“长剑横九野，高冠拂玄穹。”平水韵下平十一尤。此诗2019年11月1日作于合肥。

古人认为秋色为白色（其他季节对应颜色分别是：春青、夏赤、冬黑，详见《礼记•月令》）。看来，人生四季秋为老，此言确矣。但秋天也是一个多彩的季节，远山近水，青红白黑，颇具层次感。这首诗就体现了这一点。

虚明

湖边观钓比闲情，时有青蝉近处鸣。
雨后风凉人欲睡，一泓碧水透虚明。

注：闲情，闲散的心情。宋 梅尧臣《和公仪龙图忆小鹤》诗云：“闲情且与稻粱饱，寄语休将鸡鹜驱。”青蝉，蝉的一种，色绿而小。唐 李贺《南园十三首》之三诗云：“竹里缫丝挑网车，青蝉独噪日光斜。”

一泓，一片（水）。唐 李贺《梦天》诗云：“遥望齐州九点烟，一泓海水杯中泻。”虚明，清澈透明，也指内心清虚纯洁。唐 刘禹锡《桃源行》诗云：“洞门苍黑烟雾生，暗行数步逢虚明。”《朱子语类》卷六七也曰：“盖其心地虚明，所以推得天地万物之理。”平水韵下平八庚。此诗 2019 年 7 月 31 日作于合肥。

“虚明”这个词听起来很像是佛家或老庄说的话，其实不然。虚明是个很实在的词，甚至有古人说，非虚明之绝境，不可穷者也。那天下午燠热难忍的合肥下了一场透雨，天气居然凉爽起来。傍晚我外出散步，湖边有人垂钓。闲来无事的我便找了一张长椅坐下来看。钓鱼人似乎都入定般守着他们的鱼竿，但没有鱼上钩，我的困意却上来了。

暗香袭人

初冬向晚月无光，清寂前庭自徜徉。
一缕凛风轻拂面，袭人竟是桂花香。

注：向晚，天色将晚时、傍晚。唐 李商隐《乐游原》诗云：“向晚意不适，驱车登古原。”清寂，冷清寂静。唐 李白《早秋单父南楼酬窦公衡》诗云：“我闭南楼看道书，幽帘清寂在仙居。”前庭，居所前面的庭院。魏晋 陶渊明《饮酒·幽兰生前庭》诗云：“幽兰生前庭，含薰待清风。”徜徉，多义，这里指闲适地散步。宋 陆游《园中》诗云：“闲身少羁束，随处得徜徉。”

凛风，寒冷的风。唐 席夔《霜菊》诗云：“可怜后时秀，当此凛风肃。”拂面，唐 李白《秋浦歌十七首·其十一》诗云：“水急客舟疾，山花拂面香。”袭人，侵袭到人、熏人。唐 卢照邻《长安古意》诗云：“独有南山桂花发，飞来飞去袭人裾。”平水韵下平七阳。此诗 2019 年 11 月 24 日作于合肥桂花园。

昨晚从外面散步回家，路过前院，忽然闻得一阵馥郁的桂花香气，我寻香而去，借助于路灯才发现，莲池边一株桂花树上居然开满了金色的桂花。其时小雪节气已过，桂花盛开实属罕见，特赋此诗以记之。

西山美景

西山翠绿霭空青，倒影分明似画屏。
美景岂能无喝彩？雁声远去剩秋听。

注释：西山，指我的合肥居所西边不远处的大蜀山。霭空，云霄、高空。唐 李适《重阳日即事》诗云：“令节晓澄霁，四郊烟霭空。”画屏，带有画饰的屏风。南朝 梁 江淹《空青赋》曰：“亦有曲帐画屏，素女彩扇。”秋听，意秋声。唐 杜甫《秦州杂诗·其四》云：“秋听殷地发，风散入云悲。”明 高启《新蝉》诗云：“何时当秋听，今朝已感情。”押平水韵下平九青。此诗 2017 年 9 月 28 日作于合肥。

那天上午天气晴好，我在桂花园西门外的湖边眺望西边的大蜀山，碧空如洗，满山苍翠，湖水似镜，美得让人惊叹。那几天合肥的空气质量确实很好，但没想到大蜀山竟也是如此美丽。我在感慨之余，即赋此诗以记之。

又是重阳

秋深草木谢芳菲，踯躅门前望翠微。
风掠方知行步重，一声轻叹入晨晖。

注：谢，凋落、衰亡。明 李渔《闲情偶寄•种植部》曰："花之既谢。"芳菲，香花芳草。元 王翰《题败荷》诗云："芳菲今日凋零尽，却送秋声到客衣。"踯躅，慢慢地走或徘徊。2017 年重阳我因腰腿不好而未能如往年那样与一帮老朋友相约去爬大蜀山了。那天太太一大早就独自去爬山了，而我只能站在小区门口西望之。翠微，泛指青山。宋 吴文英《霜叶飞•重九》词云："惊飙从卷乌纱去，谩细将、茱萸看，但约明年，翠微高处。"

风掠，风有力地吹拂。宋 张镃《南湖上观萍》诗云："风掠浮萍水面来，翠绡成段接还开。无情却似多情物，不到诗中不肯回。"晨晖，清晨的阳光。南朝 宋 殷淡《宋章庙乐舞歌•嘉荐乐》："洁诚夕鉴，端服晨晖。"其意思是，高尚的情操夕阳可鉴，端正的品行胜过清晨的阳光。可见人的品德与情操之重与日可比。平水韵上平五微。此诗 2017 年 10 月 28 日作于合肥。

枝头倩影

粉花青叶似含羞，雨后飘零也不愁。
灵鹊鸣声何处起？原来倩影在枝头。

注：粉花青叶，指盛花期的樱花。含羞，带着羞涩的神情，这里喻指樱花之美。汉 班婕妤《捣素赋》曰：“弱态含羞，妖风靡丽。”飘零，飘落零散。金 元好问《杏花杂诗八首·其六》云：“眼看桃李飘零尽，更拣繁枝插帽檐。”

灵鹊，喜鹊别称。唐 无名氏《鹊踏枝》词云“巨耐灵鹊多谩语，送喜何曾有凭据？”倩影，美丽的身影，多指女子，这里比喻喜鹊的身影。清 曹雪芹《咏白海棠》诗云：“芳心一点娇无力，倩影三更月有痕。”平水韵下平十一尤。此诗2017年4日11日作于合肥。

我家院子里经常有喜鹊光临，且鸣声不断，有时它们还飞会到阳台栏杆上隔着窗户与坐在书房读书写作的我对视一番，十分有趣。此诗记录了这一情景。

西山夕晖

雾笼西山露夕晖，疏林忽见鸟惊飞。
池边弱柳轻纱后，隐约花红绿正肥。

注：西山，指我的居所西边不远处的大蜀山。夕晖，夕阳的光辉。宋 周敦颐《题春晚》诗云：“花落柴门掩夕晖，昏鸦数点傍林飞。”疏林，稀疏的林木。宋 陆游《湖上晚归》诗云：“晚花藏密叶，新笋补疏林。”惊飞，受惊而飞。宋 戴复古《冬日移舟入峡避风》诗云：“棹入黄芦蒲，惊飞白鹭羣。”

弱柳，柔细的柳条。唐 卢照邻《长安古意》诗云：“弱柳青槐拂地垂，佳气红尘暗天起。”轻纱，轻柔的纱。唐 褚亮《咏花烛（烛花）》诗云：“靥星临夜烛，眉月隐轻纱。”肥，多义，这里指茁壮、丰润。绿正肥典出宋 汪元量《鹧鸪天·潋滟湖光绿正肥》一词：“潋滟湖光绿正肥。苏堤十里柳丝垂。”平水韵上平五微。此诗 2019 年 3 月 30 日作于合肥。

那几天合肥的空气质量不好，雾霾之下，再好的景色也会打折扣。好在这并没有影响我回乡后赏景的心情。这首诗描写了前一天傍晚我外出散步时院子内外的景致。

观鱼

近水桃花依旧红，隔桥绿柳静无风。
观鱼之意谁能会？早动遐思上碧空。

注：依旧，像从前一样。宋 晏几道《浣溪沙·楼上灯深欲闭门》词云：“向日阑干依旧绿，试将前事倚黄昏。”绿柳，青绿色的柳枝。唐 王维《洛阳女儿行》诗云：“画阁朱楼尽相望，红桃绿柳垂檐向。”

观鱼，观赏游鱼，后人常引作哲思解。典出《庄子集释》卷六下《外篇·秋水》。庄子与惠子游于濠梁之上，见儵鱼出游从容，因辩论鱼知乐否。遐思，悠远的思索或想象。宋 林中用《同游岳麓道遇大雪马上次敬夫韵》诗云：“迢递昆崙颠，俯仰动遐思。”碧空，青蓝色的天空。宋 赵以夫《芙蓉月·黄叶舞碧空》词云：“黄叶舞碧空，临水处、照眼红苞齐吐。”平水韵上平一东。此诗 2019 年 4 月 1 日作于合肥。

人老了，就喜欢遐想，闲下来时更会想个不停。傍晚倚在院里的小桥边观鱼时就在胡思乱想，想什么呢？不告诉你们。

龙泉山下

春到清明感物华，龙泉山下碧溪斜。
柳风吹得田畴绿，一片金黄属菜花。

注：龙泉山，龙泉山位于合肥市肥东县桥头集镇，海拔约 300 米，山腰有龙泉古寺，寺内有“龙泉，清澈萦流至山下，故曰龙泉山”。唐朝张又新在《煮茶水记》评价此泉为“庐州第一水”。

感，这里作动心解。《说文》曰：“感，动人心也。”物华，自然景物，万物之精华。宋 杨万里《感兴》诗云：“行役忘衰暮，逢春感物华。”宋 王之望也有《和姚令威春阴四绝》诗云：“休对风光感物华，且将春酒趁春赊。”碧溪，绿色的溪流。唐 李白《行路难·其一》诗云：“闲来垂钓碧溪上，忽复乘舟梦日边。”

柳风，春风。元 王冕《山中杂兴·其八》诗云：“暖雨蒸花气，晴烟扬柳风。”田畴，田地或农业。唐 和凝《宫词百首·其三十三》诗云：“三农皆已辟田畴，又见金门出土牛。”平水韵下平六麻。此诗 2019 年 4 月 5 日清明作于合肥肥东。那天去肥东龙泉山给先父母扫墓，虽心系先人，却也不负春光，特作此诗以记之。

山路

一路青阴落日斜，幽林歇处尽槐花。
余香入袖轻携去，直上西山送晚霞。

注：青阴，绿色的树阴。唐 姚合《杏溪十首·杏溪》诗云："桃花四散飞，桃子压枝垂。寂寂青阴里，幽人举步迟。"幽林，幽深茂密的树林。唐 贺兰进明《古意二首·其二》诗云："崇兰生涧底，香气满幽林。"歇处，休息处。唐 皮日休《奉和鲁望樵人十咏·樵径》诗云："歇处遇松根，危中值石齿。"

余香，残留的香气。唐 李商隐《过伊仆射旧宅》诗云："幽泪欲干残菊露，馀香犹入败荷风。"入袖，装入袍袖之中。古人袍袖宽大，常用以装物。唐 白居易《酬南洛阳早春见赠》诗云："欲披云雾联襟去，先喜琼琚入袖来。"携去，带走。宋 刘克庄《送孙梦宫》诗云："知他三尺剑，携去报谁恩。"西山，这里指居所西边的合肥地标——大蜀山。平水韵下平六麻。此诗 2019 年 4 月 24 日作于合肥。

由于腰椎疼痛，我回合肥一个月了，那天傍晚才第一次去爬大蜀山。虽然有点累，但能欣赏沿途春色，我的心情还是愉悦的。这首诗就体现了这一点。

第七章 深圳即景

雨声

云卷云舒不欲争，花开花落自然生。
每逢伏读从无语，窗外唯闻大雨声。

注：“云卷云舒”和“花开花落”这两个词均出自明代诗人洪应明《菜根谭》中的一副对联：“宠辱不惊，看庭前花开花落；去留无意，望天上云卷云舒。”这里借用这两个词以示诗人在大雨倾盆之际在家读书时顺其自然、淡然平和的心境。

伏读，埋头苦读，认真且恭敬地阅读。《孔丛子·杂训》曰：“子思在鲁，使以书如卫问子上，子上北面再拜，受书伏读。”平水韵下平八庚。此诗2018年8月11日晨作于深圳。那几天的深圳是暴雨倾盆，阵阵不绝。于是我特作此诗以记之。

岭南问秋

花繁九月满街头，翠竹红芳色欲流。
何故古人诗赋里，罕闻吟咏岭南秋？

注：其实，在古代还是有诗人吟咏岭南的秋天风光的。唐 戴叔伦《送人游岭南》诗云："少别华阳万里游，近南风景不曾秋。红芳绿笋是行路，纵有啼猿听却幽。"此诗中的"翠竹红芳"一词就出自这首诗。唐 李群玉《广州陪凉公从叔越台宴集》诗云："日衔赤浪金车没，天拂沧波翠幕低。高鸟散飞惊大旆，长风万里卷秋鼙。"当然，写岭南风光的古诗还有一些，但绝大多数都没有明确说是描述岭南的秋天的。此诗最后一句之所以那样写，是为了突出岭南秋天之美并告诉大家：这个美几乎被古今之人忽略了呀。平水韵下平十一尤。此诗 2018 年 9 月 14 日作于深圳。

荆枝花落

淝水南来到海涯，远山时见雨云斜。
波平未必风无力，院外荆枝正落花。

注：淝水，源出紫蓬山，分东淝河与南淝河，二者汇聚处为合肥，这里指合肥。海涯，海边，这里指深圳。宋 苏轼《寄高令》诗云："田园知有儿孙委，蚤晚扁舟到海涯。"远山，远处的山，这里指窗外所见香港的山。时见，常见。唐 李白《访戴天山道士不遇》诗云："树深时见鹿，溪午不闻钟。"雨云，带雨的云。宋 释智愚《颂古一百首·其一》诗云："拔树鸣条浩浩风，雨云翻覆在其中。"

荆枝，紫荆花树枝，典出南朝 梁 吴均《续齐谐记·紫荆树》："京兆田真兄弟三人，共议分财，生资皆平均；唯堂前一株紫荆树，共议欲破三片。翌日就截之，其树即枯死，状如火然。真往见之，大愕，谓诸弟曰：'树木同株，闻将分斫，故憔悴，是人不如木也。'因悲不自胜，不复解树。树应声荣茂，兄弟相感，遂和睦如初。"后遂用"荆枝"喻兄弟骨肉同气连枝。平水韵下平六麻。此诗 2019 年 8 月 6 日作于深圳。

自古以来，紫荆花就代表着亲情，有着兄弟和睦、阖家团圆的寓意。可遗憾的是，知道它这个含义的人太少了。

好音还得静心听

夕阳西下远山青，暮色苍然歇水亭。
莫厌林中鸣宿鸟，好音还得静心听。

注：青，黑色。远山青，指远山呈暗黑色。唐 李白《将近酒》诗云：“君不见，高堂明镜悲白发，朝如青丝暮成雪。”苍然，苍茫。宋 张耒《题周文翰郭熙山水二首•其一》诗云：“遣骑竹边邀短艇，天涯暮色已苍然。”水亭，临水的亭子。宋 陆游《乡人或病予诗多道蜀中遨乐之盛适春日游镜湖》诗云：“却就水亭开小宴，绣帘银烛看归舟。”

莫厌，不要厌烦或讨厌。唐 司空图《南至四首•其二》诗云：“已被诗魔长役思，眼中莫厌早梅多。”宿鸟，归巢栖息的鸟。宋 陆游《夏夜》诗云：“鸣蜩断复续，宿鸟久始安。”好音，悦耳动听的声音。宋 王安石《半山春晚即事》诗云：“惟有北山鸟，经过遗好音。”平水韵下平九青。此诗2019年3月22日作于深圳。

其实，好音是多义词，还有好消息的意思。《诗•桧风•匪风》云：“谁将西归，怀之好音。”其意思是，哪位朋友将西归故乡？帮捎一个安好的音信。下周我也要回故乡合肥了。这不也是一个好消息吗？

望远

雨雾朦胧望远楼，斋心难静读书休。
何时思想无羁绊，不羡鸿飞更自由。

注：斋心，祛除杂念之心，使心神凝寂。《列子·黄帝》曰："退而闲居大庭之馆，斋心服形。"鸿飞，鸿雁飞翔，比喻升迁腾达，奋发有为。最后一句脱胎于宋 朱继芳《和颜长官百咏·负薪》一诗："扪萝缘壁到山头，俯羡鸿飞尽自由。"清 林则徐《送嶰筠赐环东归》诗云："漫道识途仍骥伏，都从遵渚羡鸿飞。"平水韵下平十一尤。此诗 2018 年 8 月 21 日作于深圳。

那几天深圳雾霾深重，前天甚至发出了雾霾黄色警报。望着窗外远处的景色沉浸在一片灰色雾霾之中，楼影绰绰，那真叫一个斋心难静呀。

春困

海外归来未得闲，著书访友两难间。
谁知人老多春困，一枕方床见睡颜。

注：得闲，有闲暇，得空。宋 苏轼《病中游祖塔院》诗云：“因病得闲殊不恶，安心是药更无方。”著书，撰写著作，写作书籍。宋 陆游《著书》诗云：“平生著书汗马牛，一事不施今白头。”访友，拜访或探访朋友。明 卢沄《访友》诗云：“访友入南山，扣门不闻语。”

春困，春日精神倦怠，想睡觉。宋 曾巩《钱塘上元夜祥符寺陪咨臣郎中丈燕席》诗云：“金地夜寒消美酒，玉人春困倚东风。”宋 陆游《岁暮》诗云：“从今春困不须卖，睡到日高三丈时。”一枕，犹言一卧。卧必以枕，故称。宋 柳永《轮台子·一枕清宵好梦》词云：“一枕清宵好梦，可惜被、邻鸡唤觉。匆匆策马登途，满目淡烟衰草。”方床，卧榻。宋 欧阳修《憎苍蝇赋》曰：“华榱广厦，珍簟方牀（床）。炎风之燠，夏日之长。”见，同现，露出。睡颜，睡觉的容颜、样子。平水韵上平十五删。此诗 2019 年 3 月 20 日作于深圳。

想睡觉总是会有理由的。如俗话说，“春困秋乏夏打盹儿，睡不醒的冬三月。”听起来好像哪个季节都适合睡觉似的。其实道理很简单，想睡就睡吧。

山竹

满城不见路行人，天地玄黄骇鬼神。
莫问灾情深几许，风声如吼雨如尘。

注：山竹，2018年袭击中国大陆的最强烈台风的名称。那天中午12时台风山竹已到广东珠三角外海区域，可能成为近20年来影响深圳最强烈的台风。深圳的公交、地铁、航空、铁路均已停运，所有商场均已关门。时下居所的窗外，暴风嘶吼，大雨如注，天空一片混沌。天地玄黄，指天的颜色是黑的，地的颜色是黄的。骇，惊吓、惊惧。《说文》曰：骇，惊也。

几许，多少，什么程度。宋 杨万里《题兴宁县东文岭瀑泉，在夜明场驿之东》诗云："不知落处深几许，但闻井底碎玉声。"吼，巨兽或风等自然界发出的巨大的声响。唐 刘禹锡《浪淘沙九首•其七》诗云："八月涛声吼地来，头高数丈触山回。"尘，飞扬的灰土。经历过台风裹挟着暴雨而来这一场景的人才能深刻体会"雨如尘"的含义。平水韵上平十一真。此诗2018年9月16日作于深圳。

岭南三月

岭南三月尽妍芳，更有青山伴艳阳。
水暖秧田农事早，春分未到菜花黄。

注：妍芳，美丽的花卉。唐 武元衡《旬假南亭寄熊郎中》诗云：“妍芳落春后，旅思生秋前。”青山，青葱的山岭。唐 卢纶《长安春望》诗云：“东风吹雨过青山，却望千门草色闲。”艳阳，艳丽明媚，多指春天。宋 柳永《长寿乐•繁红嫩翠》词云：“繁红嫩翠，艳阳景，妆点神州明媚。”

秧田，培植稻秧的水田。宋 杨万里《己未春日山居杂兴十二解》诗云：“今岁春迟雨亦然，生愁无水打秧田。”农事，指耕地、施肥、播种、田间管理等农业生产活动。唐 柳宗元《春怀故园》诗云：“九扈鸣已晚，楚乡农事春。”据相关资料显示，厄尔尼诺来临几率甚高，2018 年年底冬季为暖冬，而从 2019 年年初到 3 月中旬，气温也是偏暖。为此有人估计 2019 年农事普遍会较早开始。2019 年的春分是 3 月 21 日。但深圳的周边地区尤其是惠州的油菜花已经盛开了。平水韵下平七阳。此诗 2019 年 3 月 14 日作于深圳。

荔枝公园

石拱桥头满目春，英雄树下落花新。
归来几度回斯地，不负风光不负人。

注：荔枝公园，位于深圳市中心，园内栽植有近600株老荔枝树，还有好几座石拱桥。这里说的石拱桥指园中最大的那座高约10米的“浸月桥”。英雄树，即木棉或红棉花树，因其无论栽植于何处均能长得高于附近的其他树种而得名。其硕大而鲜红的花朵3月份盛开并随之飘落，广东人常用其煮粥或煲汤，据说有解毒清热、驱寒去湿之功效。

几度，几次。宋 周邦彦《蝶恋花》词云：“此会未阑须记取。桃花几度吹红雨。”斯地，这个地方。唐 杨炯《西陵峡》诗云：“及余践斯地，瑰奇信为美。”不负，不辜负。风光，风景、景色。宋 苏轼《追和子由去岁试举人洛下所寄•暴雨初晴楼上晚景之一》诗云：“秋后风光雨后山，满城流水碧潺潺。”本诗最后一句脱胎于宋 邵雍《自述二首•其一》一诗：“胸中一点分明处，不负高天不负人。”此处“不负人”中的“人”泛指他人，而且也包括自己。平水韵下平十一真。此诗2019年3月16日作于深圳。

春色空香

湖岸风轻柳径斜，山林深处起烟霞。
虽无凄雨消春色，犹有空香见落花。

注：风轻，轻风。唐 李适《三日书怀因示百僚》诗云："风轻水初绿，日晴花更新。"柳径，柳荫小径。唐 李建勋《归燕词》诗云："冲人穿柳径，捕蝶绕花枝。"烟霞，烟雾和云霞。宋 黄庭坚《诗一首 · 其一》诗云："石磴层层鸟道斜，仙家楼阁锁烟霞。"

凄雨，寒雨。宋 苏轼《送胡掾》诗云："乱叶和凄雨，投空如散丝。"空香，只闻花香不见花。春色，多义，这里指春天的景色。南朝 齐 谢朓《和徐都曹出新亭渚诗》云："宛洛佳遨游，春色满皇州。"空香，空中散发的余香。本诗最后一句脱胎于唐 孟浩然《登总持寺浮图》一诗："坐觉诸天近，空香送落花。"然改"送"为"见"以改其意而用之。平水韵下平六麻。此诗 2019 年 3 月 23 日作于深圳。

孟浩然虔诚信佛，心向修行，其诗"坐觉诸天近，空香送落花"就体现了这一点。他在诗中感悟到与诸天（佛教众神）相近，还用了佛教的散花典故来表达其对佛界的向往。我是俗人，只是看见了春天也有落花、岁月静好但仍难以避免天灾人祸的现实。

第八章　温哥华即景

斯坦利公园

一水蓝湾半是城，红杉美景自然生。
游人到此惊无语，心放清宁听树声。

注：斯坦利公园（也译史丹利公园）就在温哥华市中心附近，其南、北两面都是碧蓝色的海湾，内有巨大而茂密的红杉森林，已成北美一景。蓝湾，指温哥华的巴拉德海湾，因海水碧蓝，故又称“蓝湾”。清宁，清静、安宁。宋 林景熙《杂咏十首酬汪镇卿》诗云：“海桑空变易，天地终清宁。”树声，树立名声，这里以风吹红杉巨树的声音比喻该公园遐迩之名声。平水韵下平八庚。此诗 2018 年 2 月 18 日作于温哥华。

鸿声

山色空濛远似烟，一湾碧水白云边。
萧疏满目斜阳静，唯有鸿声刺破天。

注：空濛，迷茫缥缈貌。宋 苏轼《饮湖上初晴后雨二首•其二》诗云：“水光潋滟晴方好，山色空濛雨亦奇。”鸿声，鸿雁鸣叫的声音。唐 武元衡《长安秋夜怀陈京昆季》诗云：“萤影疏帘外，鸿声暗雨中。”宋 李清照《菩萨蛮•归鸿声断残云碧》词云：“归鸿声断残云碧。背窗雪落炉烟直。”鸿声，还指大声、高声。汉 焦赣《易林•困之离》曰：“鸿声大视，高举神化，背昧向明，以道福功。”《汉书•百官公卿表上》曰：“武帝太初元年更名大鸿胪。”颜师古 注引 汉 应劭曰：“郊庙行礼赞九宾，鸿声胪传之也。”平水韵下平一先。此诗 2018 年 11 月 16 日作于温哥华。

现代社会，遭遇不公就得说出来，而且要大声说出来。如果每个人都敢于对不公的事情说“不”，那么社会的不公现象可能会越来越少。为此，我特作这首七绝以记之。

红云

寒树无风叶别枝，轻飘陌上寂如斯。
夕阳西下人无语，一片红云入暮时。

注：别枝，指花、叶离枝而落。唐 钱起《哭辛霁》诗云："流水辞山花别枝，随风一去绝还期。"如斯，像这或像这样。清 纳兰性德《采桑子·而今才道当时错》词云："情知此后来无计，强说欢期。一别如斯，落尽梨花月又西。"平水韵上平四支。此诗2018年11月24日作于温哥华。

一般而言，诗词写景的空间次序有两种，一是由远到近，二是由近及远。前者如杜牧的《山行》："远上寒山石径斜，白云生处有人家。停车坐爱枫林晚，霜叶红于二月花。"后者如杜牧的《秋夕》："银烛秋光冷画屏，轻罗小扇扑流萤。天阶夜色凉如水，坐看牵牛织女星。"这两首诗的空间次序虽迥然不同，但因描述精当，美感强烈，均成绝唱。可见，写景入诗还是有不少需要向古人学习的地方。

狮门桥下

狮门桥下水沧凉，征雁声声送夕阳。
独立寒风吹白发，霜空唯见暮云黄。

注：狮门大桥（Lions' Gate Bridge），温哥华一条悬索吊桥，横越巴拉德海湾，连接温哥华市中心及北岸市镇，亦是温哥华的主要地标之一。

沧凉，寒凉、寒冷。宋 梅尧臣《送秀州海盐知县李寺丞》诗云："沧凉朝日近，紫翠晚山尖。"宋 苏轼也有《浴日亭》诗云："已觉沧凉苏病骨，更烦沆瀣洗衰颜。"征雁，迁徙之雁，多指冬季南飞的大雁。唐 李涉《送魏简能东游二首•其二》诗云："燕市悲歌又送君，目随征雁过寒云。"

霜空，冬天的晴空。唐 张说《和朱使欣二首•其二》诗云："霜空极天静，寒月带江流。"惟见，只见到。唐 李白《黄鹤楼送孟浩然之广陵》诗云："孤帆远影碧空尽，惟见长江天际流。"暮云，黄昏的云。宋 陆游《雪中》诗云："暮云如泼墨，春雪不成花。"那天的暮云橙黄透亮，煞是好看。平水韵下平七阳。此诗 2018 年 12 月 14 日作于温哥华狮门大桥下。

满园春色尽芳华

晨行户外日光斜，碧草蓝天未见花。
街树虽然无绿叶，满园春色尽芳华。

注：碧草，青草。唐 陈子昂《春台引》曰：“感阳春兮生碧草之油油。怀宇宙以伤远，登高台而写忧。”宋 苏轼《题织锦图上回文三首·其一》诗云：“春晚落花余碧草，夜凉低月半枯桐。”

街树，街道两旁的树。宋 陆游《十月十四夜梦与客分题得早行》诗云：“驿门犹淡月，街树正清霜。”芳华，多义，这里指美好的年华。明 文徵明《和答石田先生落花十首·其一》诗云：“无情刚恨通宵雨，断送芳华又一年。”平水韵下平六麻。此诗 2018 年 3 月 11 日作于温哥华。

那天早晨阳光灿烂，我外出时看见附近公园里有很多年轻人在玩一种飞盘游戏，还有一个某校的女子橄榄球队在训练。姑娘们在草地上不停跑动，笑声阵阵，活力盎然。我在有感之余赋此诗以记之。

2018年平安夜

彩灯闪烁驱凌寒，万户窗明夜未残。
斯世真情醇似酒，人逢无不道平安。

注：凌寒，严寒。宋 王安石《梅花》诗云："墙角数枝梅，凌寒独自开。"未残，还存在、未结束的。宋 释行海《楼居》诗云："元龙百尺情犹在，黄鹤千年迹未残。"斯世，这个世上。宋 陆游《短歌行》诗云："人生斯世无别巧，要在遇物心不竞。"真情，真诚的情感。汉 东方朔《七谏》曰："狐死必首丘兮，夫人孰能不反其真情？"王逸 注："真情，本心也。"平安，安全，没有危险。唐 岑参《逢入京使》诗云："马上相逢无纸笔，凭君传语报平安。"平水韵上平十四寒。此诗2018年12月24日作于温哥华。

2018年温哥华的平安夜，雨后风寒，路上行人匆匆，但即便陌生人擦肩而过时，也会微笑着说声"Merry Christmas（圣诞快乐）"。到了晚上，街上几乎空无一人，家家户户门前窗上均彩灯闪烁，室内也灯火通明。平安夜是孩子们最喜爱的节日之一，圣诞老人会带去令他们惊讶甚至尖叫的礼物。

过海行舟

今逢晴霁起霜风，吹去玄云露碧空。
过海行舟山色近，日光如在水波中。

注：晴霁，雨后天晴。宋 陶佃《王君仪》诗云："云开雾散却晴霁，清风淅淅无纤尘。"霜风，凛冽的寒风。北周 庾信《卫王赠桑落酒奉答》诗云："霜风乱飘叶，寒水细澄沙。"玄云，黑云、浓云。三国 魏 曹植《愁霖赋》诗云："瞻玄云之晻晻兮，听长空之淋淋。"碧空，云层少、蔚蓝色的天空。南朝 梁简文帝《京洛篇》："夜轮悬素魄，朝光荡碧空。"山色，山的景色。唐 王维《汉江临眺》诗云："江流天地外，山色有无中。"这里的山色还包括巴拉德湾北岸栉次鳞比的建筑物依山而建的景色。平水韵上平一东。此诗 2018 年 12 月 30 日作于温哥华。

那天我与家人乘海上巴士横渡巴拉德湾去北温。北温的全称是北温哥华市，位于布拉德海湾的北岸，人口不到 10 万，但环境较好，背山临海，风景很美，与温哥华市有两座大桥相连，还有就是海上巴士可通行。乘坐海上巴士沿途可观览巴拉德湾两岸的城市景观，山色迷蒙，建筑叠加，海湾静谧，波光粼粼，船行海湾之中别有一番风味。

2019 年元旦

今下全城不夜天，一弯残月挂坡前。
忽惊霜际无声处，海上烟花送旧年。

注：今下，现时、眼下。《晋书 甘卓传》曰："正当虑吾危朝廷邪？吾今下唯除奸凶耳。"不夜天，黑夜也像白天一样。宋 宋祁《灯夕在告闻游人甚盛》诗云："火树缯山凤阙前，皇都美景属新年。烟花并作长春国，日月潜移不夜天。"残月，农历每月底下半夜出现在东方的残缺不圆的月亮。唐 白居易《客中月》诗云："晓随残月行，夕与新月宿。"霜际，霜天的天际。宋 赵彦端《惜分飞·送江鸣玉归乌墩》词云："霜际寒云逗，去年情味君思否？"旧年，一般指去年。宋 刘克庄《偶题二首·其二》诗云："新年采薇食，诗比旧年清。"平水韵下平一先。此诗 2019 年 1 月 1 日凌晨作于温哥华。

2018 年 12 月 31 日晚上温哥华举办了跨年烟火庆典，现场还有演唱会和街头小吃。据说这种放烟火庆祝新年的仪式已经持续 3 年了。每年的这一天都会有十多万人涌到布拉德湾附近的街头参与庆典，很是热闹。女儿、女婿带着外孙去城里观光了。我这个岁数已不想去凑热闹，还是待在家里跨年吧。

雾起霜晨

即今雾起又霜晨，雁叫闻声不见身。
惊望浮云舒卷处，楼台恍惚立仙尘。

注：即今，今天，现在。唐 高适《送桂阳孝廉》诗云：“即今江海一归客，他日云霄万里人。”霜晨，寒冷多霜的早晨。宋 苏轼《再和杨公济梅花十绝•其六》诗云：“莫向霜晨怨未开，白头朝夕自相催。”

浮云，天上漂浮的云层。汉 无名氏《古诗十九首•西北有高楼》诗云：“西北有高楼，上与浮云齐。”舒卷，舒展与卷缩。南朝 齐 王融《巫山高》诗云：“烟霞乍舒卷，猿鸟时断续。”恍惚，迷离，难以捉摸。唐 杜甫《西阁》诗云：“恍惚寒山暮，逶迤白雾昏。”仙尘，仙界与凡尘。明 唐寅《落花诗三十首•其二十二》诗云：“仙尘佛劫同归尽，坠处何须论厕茵。”平水韵上平十一真。此诗2019年1月14日作于温哥华。

温哥华今冬无雪，也很少起雾。但昨天不仅霜晨还起雾，居然出现了云雾绕楼的景色。只见不远处那几幢20多层的高楼，只剩下楼顶显现在翻滚的云层上面，这种情景当真少见，于是我赋此诗以记之。

暮云

昏鸦声乱暮云沉，四野寒枝显肃森。
路上行人匆促过，一场风雪即将临。

注：昏鸦，黄昏时候的乌鸦。四野，四方或四方的田野。唐 王建《早发金堤驿》诗云：“虫声四野合，月色满城白。”寒枝，树叶落光了的树枝。宋 朱雍《迷神引·白玉楼高云光绕》词云：“喜登眺。疏影寒枝颤，太春早。”肃森，阴森的样子。明 刘基《仙人词三首·其二》诗云：“上帝宸居俨肃森，九关虎豹立崟崟。”

匆促，匆忙、仓促。唐 杜甫《雨不绝》诗云：“眼边江舸何匆促，未待安流逆浪归。” 温哥华近日气温陡降，暮云沉沉，似有一番雨雪将至。平水韵下平十二侵。此诗 2019 年 2 月 2 日作于温哥华。

过两天就是国内的除夕，而温哥华也只下了很短时间的小雪。天气预报说可能还有几天才有大雪。但温哥华市政还是在很多住宅区附近步行道上撒了不少海盐，以防雪后行人打滑。

第九章　岳西山区避暑

山间寂静

山间寂静易平心，涓水桥头绿树深。
皆说石关消暑地，时逢七月夜犹衾。

注：平心，指心情平和。《礼记·深衣》曰：“下齐如权衡者，以安志而平心也。”涓水，安徽省岳西县石关乡一条山溪名。消暑，消除暑热。唐 白居易《江楼夕望招客》诗云：“能就江楼消暑否？比君茅舍较清凉。”衾，这里指盖棉被。《说文》曰：“衾，大被。”段注：“寝衣为小被（夹被），则衾是大被（棉被）。”押平水韵下平十二侵。此诗 2018 年 7 月 9 日作于石关涓水山庄。

安徽省岳西县石关乡位于大别山腹地，海拔 600 米以上，是天然的避暑胜地。20 世纪 50 年代安徽省政府选择在此地建有一系列建筑作为夏季办公区，后扩建为省直干休所供离退休老干部夏季避暑，因位于涓水溪边，故名“涓水山庄”。前日我偕太太与学长陈同方夫妇来此地小住，因感周围环境之幽静清凉，特作此诗以记之。

诗与远方

小径萦回傍水长，青山雨后正苍茫。
人生总有豪情在，又赋诗章寄远方。

注：此诗首句借用了苏辙《奉使契丹二十八首其五绝句二首之一》中“乱山环合疑无路，小径萦回长傍溪”一句。萦回，回旋往复。唐 杜甫《冬到金华山观因得故拾遗陈公学堂遗迹》诗云：“系舟接绝壁，杖策穷萦回。”平水韵下平七阳。此诗 2018 年 7 月 10 日雨后傍晚作于安徽省岳西石关涓水山庄。

远方，就是远处，但很多场合用时有点自谦或自卑的感觉。比如，宋 苏轼《上刘侍读书》诗云：“轼远方之鄙人，游于京师。”但有意思的是，这个词用于诗中时，似乎就显得有点理想化了，变成了一种令人憧憬的美好生活甚或人生追求。其实，真实的生活并非如此，而是简单枯燥，平淡重复，一地鸡毛，甚至有时还有点苟且。此诗也有这种情绪在里面。

从石关到主簿

风惊万树起涛声，车过千弯总不争。
山上遥观村落散，溪边近处一桥横。

注：涛声，浪涛拍岸的而声音，但亦可喻风吹山树的声音。宋 陆游《斋中闲咏》诗云："风号万物作涛声，云截千峰似几平。"溪边，这里是指杭埠河上游，即流经岳西县主簿乡的姚家河的那条支流。平水韵下平八庚。此诗2018年7月13日作于岳西石关涓水山庄。

从岳西县石关乡到主簿乡得翻越一座大山，那里高树深谷，峰回路转，沿途风景美不胜收，但道路也很惊险，当地人曾将此处称为"鬼门关"。加上路况不熟，所以我开车较慢，总被后车超越。后在一处观景亭停下车来，观赏周围的景色。此时山谷劲风吹拂，松涛阵阵；天空云层多变，阳光明灭。遥看山下分散错落的村庄，别有一番感受。之后我又开车下山抵达主簿乡，还在一座古朴的石拱桥下的溪水边休憩一段时间并拍了照片。此诗便记录了这段旅途中的风光。

村客

远山夕照见人家，涓水溪边看落霞。
村客虽知天色晚，犹寻农舍买新茶。

注：见，同现，意显露。南北朝 佚名《敕勒歌》云："天苍苍，野茫茫。风吹草低见牛羊。"涓水，石关乡一条水量充沛的溪水。村客，指旅居乡村的人，这里指作者等人。唐 白居易《渭村酬李十二见寄》诗云："莫叹学官贫冷落，犹胜村客病支离。"新茶，指立夏前采摘并制作的茶叶。平水韵下平六麻。此诗2018年7月16日晚作于岳西石关涓水山庄。

岳西县除翠兰外，还有一种经济型绿茶，即炒青弦月，很受欢迎。此茶叶型细小，色泽碧绿，汤厚味醇，且价格低廉合理，确属寻常百姓人家自饮或待客之佳品。昨天傍晚我们请朋友带路曾开车去岭上一农家买了一些弦月绿茶，可惜仅买到少许；天黑之际，又步行去附近农家看茶买茶。此诗记录了这一经历。

法云寺

夏阳斜映放生湖，一道青山抱鼎炉。
待入后山千佛寺，诵经声里敬浮屠。

注：一道，表数量，犹言景物。唐 王昌龄《送柴侍御》诗云：“青山一道同云雨，明月何曾是两乡。”鼎炉，鼎形香炉。清 曹雪芹《芙蓉女儿诔》诗云：“鼎炉之剩药犹存，襟泪之余痕尚渍。”浮屠，原为佛陀的古时音译，自宋代起也作为佛塔之代称。宋 苏轼《荐城禅院五百罗汉记》曰：“且造铁浮屠十有三级，高百二十尺。”平水韵上平七虞。此诗 2018 年 7 月 19 日作于岳西石关涓水山庄。

岳西县响肠镇有一法云寺，又名后山寺，该寺前有一较大放生湖，内有数百尾锦鲤。寺内有一最初建于东晋时期的七层砖塔，因塔身凿有无数小型佛龛，供有 840 尊佛像，也叫“千佛塔”。法云寺因此也被称为“千佛寺”。一千多年来，该寺几经焚毁，又几经重建。咸丰年间其曾毁于太平天国兵燹，但塔身犹存。20 世纪 90 年代此塔重修。那天上午我们开车去法云寺进香，也拜谒了千佛塔。

晨起

树绕山前水绕庄，翠青草地露如霜。
天蓝云白人何去？大自然中沐盛阳。

注：翠青，青绿色。西晋 傅玄《郁金赋》诗云：“叶萋萋兮翠青，英蕴蕴而金黄。”盛阳，旺盛的阳气，这里指夏日山里初升的太阳。《汉书·五行志中之上》曰：“以八月入，其卦曰《归妹》，言雷复归。入地则孕毓根核，保藏蛰虫，避盛阴之害；出地则养长华实，发扬隐伏，宣盛阳之德。”平水韵下平七阳。此诗2018年7月20日晨作于涓水山庄。

涓水山庄位于平均海拔800多米的安徽省岳西县石关乡。此地处于一个大山洼中，一条宽阔的溪水——涓水溪由西而东流淌而过，空气清新，山景迷人，是夏季避暑好地方。那天清晨我外出散步，气温仅18℃，我还感到有点冷，而草地上没有阳光照射之处居然一片露水，这一气象景观在三伏天里极为罕见，于是我特写此诗以记之。

归人

一湾涓水远红尘，山野乡居亦养神。
偃月时分思故里，清风送我作归人。

注：红尘，指繁华喧闹之地。乡居，乡村居住。宋 陆游《乡居》诗云："客问乡居事，久居君自知。"偃月，原指横卧形半弦月，即月亮呈半圆形，后凡物形半圆者，多名偃月。隋 卢思道《从军行》诗云："平明偃月屯右地，薄暮鱼丽逐左贤。"（"偃月"和"鱼丽"都是古代军阵名称）清风，清凉的风。唐 杜甫《四松》诗云："清风为我起，洒面若微霜。"归人，意回归家园的人。宋 苏轼《伯父送先人下第归蜀诗云人稀野店休安枕路入》诗云："如何风雪里，更送独归人。"平水韵下平十一真。此诗作于2018年7月21日，那几天正逢傍晚天空中高挂半圆形月亮。第二天我们将告别岳西石关的涓水山庄返回合肥了。

那年7月我偕太太与友人夫妇到安徽省岳西县石关乡的省干休所——涓水山庄避暑休憩了约半月，这是一次彻底放松的旅居。那里清凉的气候、美丽的山景和淳朴的民风都让我们感到陶醉。我也一连写了七首绝句记述此行，这是其中最后一首。

第十章 咏枫

枫林

落日余晖与树齐，秋鸦无故见人啼。
远观一片青红紫，原是枫林在路西。

注：余晖，傍晚的阳光。宋 苏轼《和子由四首•送春》诗云：“梦里青春可得追？欲将诗句绊余晖。”无故，没有缘故。唐 罗隐《湘中见进士乔诩》诗云：“一笑有情堪解梦，数年无故不同游。”平水韵上平八齐。此诗2018年9月22日傍晚作于温哥华。

古人咏枫的诗词有很多。据不完全统计，古人写有1600多首谈及枫树的诗词。其中比较有名的有杜牧《山行》里的“停车坐爱枫林晚，霜叶红于二月花”以及杜甫的《秋兴八首•其一》里的“玉露凋伤枫树林，巫山巫峡气萧森”等。但其他吟咏过枫树的诗人不知凡几。

不过，最早咏枫的诗人可能是屈原，他在《招魂》一诗中说：“湛湛江水兮，上有枫。目极千里兮，伤春心。”这里，屈原将秋天红色的枫树与青绿色的江水相对应，二者使他盼望江南春色的一颗心受伤不已。这与杜牧等后人对红枫的喜欢形成了鲜明对照。

借色枫林

老夫今日兴无穷，突发童心入望中。
欲向枫林多借色，红颜白首笑秋风。

注：（入）望中，（进入）想望或想象之中。宋 王安石《江口送道源》诗云：“六朝人物草连空，今日无端入望中”。明 谢榛《秋日怀弟》诗云：“别后几年儿女大，望中千里弟兄孤。”红颜，指年轻人及其红润的脸色。典出宋 王安石《客至当饮酒二首•其二》一诗：“自从红颜时，照我至白首。”还有唐 李白《赠孟浩然》一诗：“红颜弃轩冕，白首卧松云。”平水韵上平一东。此诗2018年11月1日作于温哥华。

人老了，但依然可以保持童心，因为纯真的心灵有助于健康。但不管如何“装嫩”，红颜显然还是一种欲望或想象。因此，才想起向红枫借一点红润的颜色来装点一下自己的面容。当然，这是在写诗，且是在高兴之余的一种想象，当不得真也。

曦月同辉

曦月同辉对照临，秋风拂处有枫林。
满街一片金红色，观此何人不动心？

注：曦月同辉，指早晨的太阳与月亮一东一西同时出现在天空中。照临，照射到。先秦的《国风•邶风•日月》云："日居月诸，照临下土。乃如之人兮，逝不古处？胡能有定？宁不我顾。"《左传•昭公二十八年》曰："照临四方曰明。"

金红，红而微黄的颜色。动心，指思想感情发生变化。唐 韩愈《论淮西事宜状》曰："赏厚可令廉士动心，罚重可令凶人丧魄。"平水韵下平十二侵。此诗 2018 年 9 月 28 日晨作于温哥华。

在温哥华，这几天我早晨开车出门时都能见到太阳从东边升起，而银白色的月亮则依然挂在西边的蓝色天空中，且在灿烂的阳光下清晰可见。其实这个星象很正常，从农历九月十七到月底，只要天晴无云，我们应该都能看到日月同辉。可奇怪的是，这一天象我在国内时却很少看到，也不知是空气污染太重还是高楼太多的缘故。

伊丽莎白女王公园

登高望远露秋时，簇簇青红展丽姿。
二百余年枫树景，如今遇我入诗词。

注：伊丽莎白女王公园位于温哥华市区的最高点，也是观赏秋枫的最好去处之一。露秋，有露水的秋晨。簇簇，一丛丛一堆堆，也可指丛列成行貌。唐 白居易《开元寺东池早春》诗云：“池水暖温暾，水清波潋滟。簇簇青泥中，新蒲叶如剑。”唐 王建《横吹曲辞•陇头水》诗云：“陇东陇西多屈曲，野麋饮水长簇簇。胡兵夜回水傍住。忆著来时磨剑处。”

温哥华的近代史始以 1792 年英国人乔治•温哥华海军上校的探险船为找寻西北通路航海到巴拉德湾一带为标志，迄今已 200 多年。到目前似乎还没有一首格律诗词吟咏过温哥华的枫树之美。不过从我开始，温哥华的红枫无人歌咏的历史将成为过去。平水韵上平四支。此诗 2018 年 10 月 6 日上午作于温哥华伊丽莎白女王公园。

赏枫

红叶蓝天衬白云，倾城绝色耀晴曛。
此间十月游人众，总上枫山至夜分。

注：倾城绝色，形容女子极为美丽。《秦并六国平话》卷上曰：“子楚累举目观之，此姬绝色倾城。”这里借之喻温哥华的枫叶之美。晴曛，日光照射。唐 杜甫《宣政殿退朝晚出左掖》诗云：“天门日射黄金牓，春殿晴曛赤羽旗。”

枫山，这里特指大温哥华地区中心地带的伊丽莎白女王公园。此公园是大温哥华地区的最佳赏枫点，也是温哥华地势最高的地方，故我称之为“枫山”。夜分，指深夜。唐 李白《赠何七判官昌浩》诗云：“有时忽惆怅， 匡坐至夜分。平明空啸咤，思欲解世纷。”平水韵上平十二文。此诗 2018 年 10 月 11 日作于温哥华。

风流

又到深秋叶落时，红枫林下色参差。
风流也在无形处，欲待来年显异姿。

注：参差，纷纭繁杂。三国 魏 左延年《秦女休行》诗云：“平生衣参差，当今无领襦。”无形，不见形体，不露形迹。《老子》第四十一章曰：“大白若辱，大方无隅，大器晚成，大音希声，大象无形。”异姿，美好的姿容、仪态，也指特别的才华。宋 王诜《花心动·春欲来时》词云：“赋与异姿，添与清香，堪向苦寒时节。”平水韵上平四支。此诗 2018 年 10 月 25 日作于温哥华。

其实，所谓风流并不都是显性的、场面上的，很多时候它还是隐性的，或者说是看不见的。也可以说，没有后者就没有前者。因此，在评价某人或某物是否风流时，我们应整体而全面地予以评价，不能仅看其面上的言行和风光，也得看其内在的修为和品性。落叶满地的红枫就启示了这一点。

第十一章 咏樱

花期

他乡美景在于春，云白天蓝野色新。
待到樱花红陌上，满街都是赏花人。

注：野色，指原野或郊野的景色。古人踏青吟诗，踏的就是野色。唐 白居易《冀城北原作》诗云：“野色何莽苍，秋声亦萧疏。”陌上，指路上。古代南北向小路为阡，东西向小路为陌，这里泛指道路。宋 周邦彦《满庭芳•忆钱唐》词云：“闻道花开陌上，歌旧曲、愁杀王孙。”平水韵上平十一真。此诗 2018 年 3 月 17 日作于温哥华。

据说，温哥华市区的街道上和公园里植有的樱花树共几十个品种 4 万多株，它是世界上拥有樱花数量和品种最多的城市，也被人们称之为樱花之都。每年的三四月份是欣赏樱花的最好时节，温哥华的大街小巷随处可以见各种颜色的樱花，次第绽放，形成一片片白色、粉红色和红色的花海。樱花飘落之景也非常美，片片粉嫩的花瓣落满一地，不禁让人心生怜惜并陶醉其中。

红粉

细雨虽停雾未生，海湾壮美却无声。
春风旬日熏人醉，红粉樱花绽满城。

注：旬日，10 天，亦指较短的时日。宋 李刘《生查子·寿魏制干·九月十九》词云：“万里彩衣远，旬日黄花后。”红粉，胭脂色。《古诗十九首·青青河畔草》诗云：“娥娥红粉妆，纤纤出素手。”绽，花果的开放、开裂。南北朝 北周 庚信《杏花》诗云“春色方盈野，枝枝绽翠英。”平水韵下平八庚。此诗 2018 年 3 月 22 日雨后作于温哥华英吉利海湾边。

温哥华那天有雨，我一路上看到有些街道上的大岛樱和山樱已经开放了，满树都是粉白色的小花，很是好看。而那些花期稍迟些的关山樱、菊樱和大山樱树枝条上的花苞也都露出了清丽的粉红色，其盛开也就在旬日之间了。

故园樱花

瑞日知春起蕙风，西山雾散见青空。
故园三月樱花绽，一树嫣红渐粉红。

注：瑞日，指象征吉祥的太阳。宋 杨无咎《倾杯·上梁帅上元词》词云："瑞日凝晖，东风解冻，峭寒犹浅。"知春，知道春天来临。唐 韩愈《晚春二首·其一》诗云："草树知春不久归，百般红紫斗芳菲。"蕙风，和暖的春风。宋 周邦彦《看花回·蕙风初散轻暖》词云："蕙风初散轻暖，霁景微澄洁。"西山，合肥大蜀山。青空，蔚蓝色的天空。唐 许敬宗《奉和登陕州城楼应制》诗云："锦鳞文碧浪，绣羽绚青空。"

故园，故乡，也指老宅院子。唐 韦应物《九日·一为吴郡守》诗云："始有故园思，且喜众宾来。"嫣红，艳丽的红色。唐 李商隐《河阳诗》云："百尺相风插重屋，侧近嫣红伴柔绿。"最后一句以樱花从花苞的嫣红色到开放后花瓣的粉红色的变化来体现樱花的次第开放过程。平水韵上平一东。此诗 2019 年 3 月 31 日作于合肥。

那天早晨合肥雾霾终于散去，露出了久违的阳光。自 20 天前从温哥华回到深圳起，我似乎就没有看到过蓝色的天空。而今如愿，加上小院里十多株樱花树次第开放了，我心情很好，于是就写了这首诗。

樱之命

粉红一片灿如云，倏忽飘零映夕曛。
虽是众生皆有命，荣枯无奈太悲欣。

注：倏忽，顷刻、极短的时间。唐 薛逢《君不见》诗云："盛去衰来片时事。人生倏忽一梦中。"飘零，指轻柔之物随风自空中飘落。宋 王安石《残菊》诗云："黄昏风雨打园林，残菊飘零满地金。"夕曛，落日余晖。唐 戴叔伦《晚望》诗云："山气碧氤氲，深林带夕曛。"

众生，儒家用语，泛指一切生物。出自《礼记•祭义》："众生必死，死必归土，此之谓鬼。"有命，由命运主宰。南朝 宋 鲍照《拟行路难•其四》诗云："人生亦有命，安能行叹复坐愁？"无奈，无可奈何，亦作可惜解。南唐 李煜《相见欢》词云："林花谢了春红，太匆匆，无奈朝来寒雨，晚来风。"悲欣，亦作悲忻，指悲伤与欣喜。南朝 梁 陶弘景《告游篇》诗云："即化非冥灭，在理澹悲欣。"平水韵上平十二文。此诗 2019 年 4 月 3 日作于合肥。

樱花的花期很短，盛开三五天后便会飘零凋落。有人说，这就是樱花值得骄傲的地方。这也值得骄傲？这是一种生命的无奈啊！

小园傍晚

几度归来故里春，此番风景逐时新。
小园傍晚庭阴处，摇曳红樱似美人。

注：故里，故乡、老家，或旧时老宅。宋 陈师道《次韵苏公题欧阳叔弼息斋》诗云："行者归故里，居者爱吾庐。"此番，这次。清 李渔《奈何天•崖略》诗云："此番破尽传奇格，丑旦联姻真叵测。"逐时新，随着时间的变化而变化并推陈出新。唐 元稹《离思五首其三》之三诗云："红罗著压逐时新，吉了花纱嫩麹尘。"

庭阴，庭院阴影。唐 孟浩然《题大禹寺义公禅房》诗云："夕阳连雨足，空翠落庭阴。"红樱，红色樱花。唐 白居易《花下对酒二首•其二》诗云："引手攀红樱，红樱落似霰。"平水韵上平十一真。此诗 2019 年 4 月 8 日作于合肥桂花园。

那晚在院子里散步时，透过朦胧的天光，我看到一棵棵枝条压得弯弯的、盛开着粉红色花朵的樱花树在那里轻轻地摇曳着。那种美难以用语言来形容。宋 苏轼《题杨次公春兰》诗云："春兰如美人，不采羞自献。"但我认为，将色彩缤纷的樱花比作美人可能会比常被喻为贤者的兰花更贴切些。

芳尘

庐州四月正酣春，满苑红樱色惑人。
蓦地一场晨雨至，花儿零落尽芳尘。

注：酣春，春意正浓。唐 李贺《河南府试十二月乐词·二月》诗云：“劳劳胡燕怨酣春，薇帐逗烟生绿尘。”惑人，引诱或迷惑人。唐 白居易《李夫人·鉴嬖惑也》诗云：“生亦惑，死亦惑，尤物惑人忘不得。人非木石皆有情，不如不遇倾城色。”

蓦地，出乎意料地。清 纳兰性德《如梦令·正是辘轳金井》词云：“正是辘轳金井，满砌落花红冷。蓦地一相逢，心事眼波难定。”晨雨，清晨的雨。宋 晁补之《安陶舟中》诗云：“依依润柳侵晨雨，细细吹花傍午风。”胭脂涂地，指雨后飘落一地的粉红色樱花花瓣。芳尘，落花。唐 司空曙《送高胜重谒曹王》诗云：“想君登旧榭，重喜扫芳尘。”平水韵上平十一真。此诗 2019 年 4 月 9 日作于合肥桂花园。

昨天早晨，一场不期而遇的春雨来到了久未下雨的合肥，滋润了干涸的土地，却给盛开没有几天的樱花带来了灾难性的结果：胭脂涂地，落花成泥。于是就有了这首《芳尘》。

第十二章　咏物

咏合欢花

初夏枝头似粉绡，虽无香味也呈娇。
合欢树下阶庭寂，块垒如何不得消！

注：粉绡，粉红色的丝织物。宋 高观国《留春令·粉绡轻试》词云：“粉绡轻试，绿裙微褪，吴姬娇小。”呈娇，指花草显示出美丽的颜色。阶庭，台阶前的庭院。唐 杨浚《赠李郎中》诗云：“仙郎早朝退，直省卧南轩。院竹自成赏，阶庭寂不喧。”块垒，比喻胸中郁结的愁闷或气愤。清 蒲松龄《聊斋志异·仙人岛》诗云：“一身剩有须眉在，小饮能令块垒消。”平水韵下平二萧。此诗2018年6月1日作于合肥。

在古人看来，合欢花是可以消除郁忿的。三国 魏 嵇康《养生论》曰：“合欢蠲忿，萱草忘忧。”南朝 梁 简文帝《听夜妓》诗云：“合欢蠲忿叶，萱草忘忧条。”蠲，音捐，意消除。不仅如此，合欢花作为一味中药还可治疗郁结胸闷。《神农本草经》曰：“合欢，安五脏，和心志，令人欢乐无忧。”近日因屡遭令人郁忿而难以解消之事，特作这首绝句以明志。

栀子花未开

人无多欲愈悠哉，唯憾山栀未及开。
绿蓓轻摇如戏我，情知不日送香来。

注：悠哉，悠闲自得。唐 李峤《秋山望月酬李骑曹》诗云："愁客坐山隈，怀抱自悠哉。况复高秋夕，明月正裴回。"山栀，栀子花别称。未及，没到或没有来得及。汉 无名氏《妇病吟》诗云："当言未及得言，不知泪下一何翩翩。"

绿蓓，绿色蓓蕾。宋 张嵲《赵表之送梅并诗次韵四首·其一》诗云："绿蓓繁时春欲暗，晓霜浓处信初来。" 情知，意明知。唐 骆宾王《艳情代郭氏答卢照邻》诗云："情知唾井终无理，情知覆水也难收。不复下山能借问，更向卢家字莫愁 。" 平水韵上平十灰。此诗 2018 年 5 月 17 日作于合肥。

我的居所小院里植有一丛丛栀子花，每年 5 月底 6 月初，白玉般的栀子花便会盛开，艳香扑鼻，沁人心脾。

又见栀子花

又见园中栀子花，飘来香气透窗纱。
白心寂寞终然在，老去风情伴晚霞。

注：白心，白色的花蕊，也指表明心迹或纯洁的心胸。《庄子•天下》曰："愿天下之安宁以活民命，人我之养，毕足而止，以此白心。"陆德明释文引崔撰曰："明白其心也。"唐 张九龄《酬宋使君见诒》诗云："才明应主召，福善岂神欺。但愿白心在，终然湟不缁。"终然，始终、最终依旧。宋 司马光《云》诗云："天理谁能测，终然何所归。"

风情，风雅之情。典出宋 欧阳修《蝶恋花•尝爱西湖春色早》一词："老去风情应不到。凭君剩把芳尊倒。" 晚霞，日落时天空出现的彩云，这里喻人晚年的精彩。唐 刘禹锡《酬乐天咏老见示》诗云："莫道桑榆晚，为霞尚满天。"平水韵下平六麻。此诗 2019 年 5 月 29 日作于合肥。

初夏的院子里，碧桃和蟠桃还是青的，枇杷和青杏却已经黄了，石榴也长大了不少，美丽的栀子花也悄悄地开放了。一股馥郁的香味在不知觉间飘入窗帷，让坐在书房中的我不由地心旷神怡，顿生感慨。

桂花

菊羞梅妒自斯文，春夏闇然远世氛。
到底天香留不住，秋风起处逐时闻。

注：菊羞梅妒，典出宋 李清照《鹧鸪天·桂花》一词："何须浅碧轻红色，自是花中第一流。梅定妒，菊应羞，画栏开处冠中秋。"斯文，有涵养、优雅貌。唐 李商隐《杜司勋（牧）》诗云："高楼风雨感斯文，短翼差池不及群。"闇然，沉默、隐晦的样子。《礼记·中庸·第三十三章》曰："故君子之道，闇然而日章；小人之道，的然而日亡。"世氛，喧嚣的尘世气氛。唐 李德裕《赠奉律上人》诗云："知君学地厌多闻，广渡羣生出世氛。"

到底，直到尽头、毕竟。唐 李山甫《秋》诗云："邹家不用偏吹律，到底荣枯也自均。"天香，芳香，也特指桂花香气。宋 刘克庄《念奴娇·木犀》词："却是小山丛桂里，一夜天香飘坠。"逐时，随时、追逐时光。宋 魏了翁《水调歌头·昨梦鹤山去》词云："昨梦鹤山去，风景逐时新。"平水韵上平十二文。此诗2019年10月15日作于合肥。

与梅兰竹菊的君子人格形象不同，桂花则常被喻为仙客或仙友。这可能与古人喜欢用桂月或桂宫来形容月亮有关。但不管如何，桂花那种独特的香味恰如同来自广寒宫的天香，馥郁清芬，沁人心脾也。

桂花糖

深秋小院更幽芳，绿叶丛中露杏黄。
欲向枝头收桂子，不知锁得几多香？

注：幽芳，意清香，泛指花香。宋 陆游《东篱杂书》诗云：“帘栊听语燕，涧谷撷幽芳。”杏黄，黄而微红的颜色。桂子，桂花的拟人化别称。平水韵下平七阳。此诗2017年10月8日作于合肥桂花园。

前天傍晚，腿脚稍好，我便与太太下楼走一走。看到院子里的桂花已盛开，且桂香四溢，我便采撷了一小兜最香的金桂花，拿到厨房稍作处理，后上屉蒸制，做了两瓶桂花糖。品尝之后，只觉得它甜如蜜糖，齿颊含香，沁人心脾，味道确实不错。得意之余，便赋此诗以记之。

紫薇花

一双白鹭过青葭，又向西山入晚霞。
莫道芳菲多歇去，风情犹有紫薇花。

注：白鹭，一种常见水鸟。宋 欧阳修《采桑子·何人解赏西湖好》词云：“芳草斜晖。水远烟微。一点沧洲白鹭飞。”青葭，青绿色的芦苇。唐 刘沧《江行夜泊》诗云：“绿绮韵高湘女怨，青葭色映水禽寒。”晚霞，傍晚日落时的彩霞。宋 张震《鹧鸪天·春暮》词云：“兰桡欲去空留恋，醉倚兰干看晚霞。”西山，指合肥大蜀山。

莫道，不要说或不需要说。宋 陆游《即事》诗云：“莫道归休便无事，时时襏襫伴园丁。”芳菲，香花芳草。宋 秦观《三月晦日偶题》诗云：“芳菲歇去何须恨，夏木阴阴正可人。”风情，风雅的情趣和韵味。宋 陆游《雪晴》诗云：“老来莫道风情减，忆向烟芜信马行。”平水韵下平六麻。此诗 2019 年 7 月 24 日作于合肥。

唐代曾将中书省改为紫微省，中书舍人则被称为紫微舍人。后一些近臣之岁数大者也称为紫微翁，年轻者则被称为紫微郎。古人写的有关紫薇花的诗词多与此有关。不过此诗中的紫薇花只是一种寄托对朋友思念之情的花。

柳絮随风

夕阳将落与山齐，隔岸遥闻宿鸟啼。
柳絮多情枝上别，随风飞过麓湖西。

注：遥闻，远远地听到。南唐 张佖《晚次湘源县》诗云：“烟郭遥闻向晚鸡，水平舟静浪声齐。”宿鸟，归巢栖息的鸟。宋 苏轼《和人回文五首·其四》诗云：“烟锁竹枝寒宿鸟，水沉天色霁横参。”多情，富于感情。唐 何兆《玉蕊花》诗云：“惟有多情天上雪，好风吹上绿云鬟。”

麓湖，这里指合肥大蜀山东麓的蜀峰湾人工湖，因还未得名，我便称之为“麓湖”也，感觉也挺好，挺形象。平水韵上平八齐。此诗2019年4月8日晚作于合肥。

以前我写过两首吟咏柳絮的七绝——《咏柳絮》和《再咏柳絮》，它们都收入了诗词选《总道人间惆怅》一书。此诗则是我写的第三首吟咏柳絮的七绝，希望它能给读者带去另一种不同的感受。

望湖台

黄昏渐暗望湖台，一缕清香起绿槐。
忽见柳梢升淡月，细听山寺鼓声来。

注：黄昏，日落以后天黑以前的时候。宋 林逋《山园小梅·其一》诗云："疏影横斜水清浅，暗香浮动月黄昏。"望湖台，指合肥市蜀峰湾公园南湖旁沿湖边修建的一些木结构观景台。绿槐，绿色的槐树。唐 来鹄《闻蝉》诗云："绿槐阴里一声新，雾薄风轻力未匀。"

柳梢，柳条较细的梢头。宋 欧阳修《生查子·元夕》词云："月上柳梢头，人约黄昏后。"淡月，色彩淡淡的月亮。宋 苏轼《渔家傲·送台守江郎中》词云："送客归来灯火尽。西楼淡月凉生晕。"山寺，指合肥大蜀山东南麓依山而建、气势宏伟的佛教庙宇开福寺。平水韵上平十灰。此诗 2019 年 4 月 18 日作于合肥。

那几天隐蔽在蜀峰湾茂密树林里的那些槐树悄悄地开花了。傍晚，徜徉于湖边，那一缕缕槐花淡香沁人心脾，让人流连忘返。

咏杨花

又回故里见春归，自在杨花似雪飞。
欲识风光无限处，须循正道上玄微。

注：春归，既指春天来临，也指春去春尽。这里指后者。宋 梅尧臣《感春之际以病止酒水丘有简云时雨乍晴物景鲜》诗云：“东风固无迹，何处见春归。”自在，自由自在，无拘无束。唐 李咸用《游寺》诗云：“无家身自在，时得到莲宫。” 杨花，指暮春时飞舞的杨树之花。唐 杨巨源《杨花落》诗云：“东园桃李芳已歇，独有杨花娇暮春。”

正道，正确的道理。《管子•立政》曰：“正道捐弃，而邪事日长。”玄微，指深远微妙及其义理，也指高空、天上。这里二者皆有。唐 周贺《赠姚合郎中》诗云：“道从会解唯求静，诗造玄微不趁新。”唐 郭周藩《谭子池》诗云：“言讫辞冲虚，杳霭上玄微。”平水韵上平五微。此诗 2019 年 5 月 1 日作于合肥。

柳絮方歇，杨花又起。合肥那几天到处都是杨花飞舞。在古人眼里，柳絮和杨花的意象多意味着或轻柔而多情，或别离而无奈，或漂泊而难以自主，或缭乱而不知所踪。其实，换一个角度，杨花还可被赋予另一种美，即不甘寂寞和平庸且勇于探索未知世界的精神。

夏荷

近晚天凉听鸟声，闲观湖上夏荷荣。
倩谁偏摘莲房小？菡萏迎风妩媚生。

注：闲观，悠闲地观看。宋 释智圆《寄题聪上人房庭竹》诗云：“遥想添吟思，闲观到夕阳。”夏荷，夏天的荷花。宋 无名氏《郎宫湖亭》诗云：“春水浪翻惊野鹭，夏荷盘侧戏游鱼。”

倩谁，请托何人。宋 杨万里《和张寺丞功父八绝句》诗云：“与子相望天一方，有书无使倩谁将。”偏摘，偏要摘取。唐 元稹《离思五首·其五》诗云：“寻常百种花齐发，偏摘梨花与白人。”莲房，莲蓬，即荷花花瓣脱落后的花托，有许多小孔，各孔分隔如房，故名。唐 王勃《采莲赋》曰：“听菱歌兮几曲，视莲房兮几珠。”菡萏，荷花花苞。宋 赵彦端《鹧鸪天·欧倩》词云：“浴残雨洗梨花白，舞转风摇菡萏红。”妩媚，多形容女子或事物姿容美好，举止神态极具美感和魅力。宋 辛弃疾《贺新郎·甚矣吾衰矣》词云：“我见青山多妩媚，料青山见我应如是。”平水韵下平八庚。此诗 2019 年 6 月 23 日作于合肥。

荷花在中国被称之为“翠盖佳人”或“花中君子”，而夏天的荷花则因其处于盛花期却迎骄阳而不惧的特性更显美丽而圣洁。特赋诗咏之。

秋荷

秋水充池近我家，晚风轻拂落晖斜。
不嫌绿叶成黄色，一抹娇红竟是花。

注：落晖，指夕阳、夕照。唐 司空图《杨柳枝寿杯词十八首·其十六》诗云："莫言万绪牵愁思，缉取长绳系落晖。"娇红，指花。宋 晏几道《玉楼春》词云："东风又作无情计，艳粉娇红吹满地。"平水韵下平六麻。此诗 2017 年 9 月 13 日傍晚作于合肥蜀峰湾。

我的合肥居所桂花园西门外就是有着数百亩湖面、治理有方且野趣盎然的蜀峰湾公园。此地西边不远处则是声名遐迩的大蜀山国家森林公园，此公园靠山临水，鸟语花香，是一个休闲健身的好去处。春天桃花红，樱花粉，李花白；夏天红白相间的合欢花和夹竹桃花开满湖边；秋天到处都是艳红雪白的木芙蓉花，还有层层叠叠火红色的枫叶，那种美真的让人陶醉。过去几年里我写的吟咏此地美景的诗词不下 10 余首，这首绝句就是其中一首。

残荷风骨

一泓寒水映疏芜，淡月依稀有似无。
溪客虽逢秋色老，犹存风骨在泥涂。

注；寒水，（秋冬）清冷的湖水或河水。宋 释智圆《湖上闲坐》诗云：“眼前何所有，寒水与秋山。”疏芜，萧索芜杂。唐 杜甫《秋野•其一》诗云：“秋野日疏芜，寒江动碧虚。”淡月，淡淡的月亮。这里指农历九月下旬头整个白天依稀可见的下弦月。宋 赵处澹《追拟玄真子渔歌》诗云：“飞鸟白，断云红，一曲清歌淡月中。”

溪客，莲荷、荷花。唐 温庭筠《春日野行》诗云：“何事轻桡句溪客，绿萍方好不归家。”风骨，（拟）人的独立品格、刚正气概。这里喻指莲藕。清 龚自珍《乙亥杂诗二十七》诗云：“秀出天南笔一支，为官风骨称其诗。”泥涂，污泥，也指卑下的地位和困苦的境地。宋 吴芾《喜晴》诗云：“自笑为生亦良劬，此身何由出泥涂。”平水韵上平七虞。此诗 2019 年 10 月 21 日作于合肥。

残荷的意象一般都是衰老、残败，要么就是“留得残荷听雨声”似的调侃。其实，残荷还有一种意象，那是一种含蓄的美，即其在衰老过秤中还在底层和困苦的泥沼之中留存了它的风骨——莲藕。

枯荷夕照

天寒人少野塘闲，潦倒枯荷夕照间。
妩媚已随风散去，惟沉泥淖度时艰。

注：野塘，野外的池塘或湖泊。唐 李商隐《酬崔八早梅有赠兼示之作》诗云："知访寒梅过野塘，久留金勒为回肠。"闲，清静、寂静。唐 孟郊《洛桥晚望》诗云："榆柳萧疏楼阁闲，月明直见嵩山雪。"潦倒，多义，这里指衰败、老迈。唐 杜甫《夔府书怀四十韵》诗云："形容真潦倒，答效莫支持。"夕照，傍晚的阳光。宋 欧阳修《夕照》诗云："夕照留歌扇，余辉上桂丛。"

妩媚，姿态美好。宋 辛弃疾《武陵春·桃李风前多妩媚》词云："桃李风前多妩媚，杨柳更温柔。"泥淖，淤泥。宋 苏轼《用过韵冬至与诸生饮酒》诗云："归途陷泥淖，炬火燎茅蓬。"时艰，时局的艰难困苦。南朝 颜延之《从军行》诗云："苦哉远征人，毕力于时艰。"平水韵上平十五删。此诗 2019 年 12 月 5 日作于合肥。

出淤泥而不染，此说将荷花的美丽与圣洁烘托至极。可荷花为何要入淤泥呢？此诗回答了这个问题并将其弯下身段自沉淤泥前的那种衰败和无奈揭示无遗。

红霞出岫

山外残阳照露台，花逢小满隔窗开。
寂寥野色须臾亮，一片红霞出岫来。

注：残阳，夕阳、西落的太阳。唐 钱起《送夏侯审校书东归》诗云："破镜催归客，残阳见旧山。"花，指窗外小院里盛开的金焰绣钱菊。小满，二十四节气之一，通常在5月21日左右。

寂寥，空旷高远、寂静无声。唐 王维《登河北城楼作》诗云："寂寥天地暮，心与广川闲。"野色，郊野或山野景色。唐 白居易《冀城北原作》诗云："野色何莽苍，秋声亦萧疏。"须臾，极短的时间；片刻等。唐 冯延巳《虞美人·碧波帘幕垂朱户》词云："须臾残照上梧桐，一时弹泪与东风，恨重重。"岫，山。东晋 陶渊明《归去来兮辞》诗云："云无心以出岫，鸟倦飞而知还。"平水韵上平十灰。此诗2019年5月21日作于合肥桂花园。

傍晚散步归来，我突然看见西边的天空有一片艳红色的灿烂云霞，煞是好看，于是便又跑出院子，来到湖边欣赏，惊叹之余就吟哦了这首绝句。

初夏陶辛

初夏陶辛尽野塘，更逢细雨洗荷裳。
今朝碧绿时时好，来日轻红处处香。

注：陶辛，芜湖西南一乡镇，其境内池塘密布，沟渠纵横，盛产莲藕和鱼虾。野塘，野外的池塘。宋 陆游《农舍》诗云：“渺渺开村路，登登筑野塘。”荷裳，荷叶。唐 韩翃《送客归江州》诗云：“风吹山带遥知雨，露湿荷裳已报秋。”

碧绿，青绿色，也指绿色的植物。唐 张碧《游春引・其三》诗云：“千条碧绿轻拖水，金毛泣怕春江死。”时时，常常、每时每刻。唐 李咸用《题刘处士居》诗云：“溪鸟时时窥户牖，山云往往宿庭除。”轻红，粉红色，淡红色。南朝 梁 简文帝《梁尘诗》诗云：“依帷濛重翠，带日聚轻红。”处处，各个地方。宋 苏轼《残腊独出二首・其一》诗云：“处处野梅开，家家腊酒香。”平水韵下平七阳。此诗 2019 年 5 月 27 日作于芜湖陶辛水乡。

那晚我在芜湖陶辛镇的某处农家乐住了一宿，陶辛镇的水乡景色别具一格。眺望四野，多是荷塘，青绿色的荷叶满目皆是，生机盎然。这首诗就是在这种场景下吟哦出来的。

第十三章 咏春

渡海

初春海水碧连天，异国风光尽蘧然。
西望凭栏心系处，信知春色也争妍。

注：蘧然，惊喜的样子。《庄子·大宗师》曰："成然寐，蘧然觉。"成玄英疏："蘧然是惊喜之貌。"信知，意深知、确知。唐杜甫《兵车行》诗云："信知生男恶，反是生女好。"争妍，竞相呈美。宋苏轼《和文与可洋川园池三十首 涵虚亭》诗云："水轩花榭两争妍，秋月春风各自偏。"平水韵下平一先。此诗2018年3月25日作于温哥华。

那天我乘渡轮去温哥华岛上的维多利亚市，沿途风光很美。温哥华岛位于温哥华西边的外海，以一条不宽的海峡与温哥华相隔，面积3.2万平方千米，与海南岛或台湾岛相当。岛上居民只有70万人，且一半居住在维多利亚市（不列颠哥伦比亚省会所在地）。因为此岛80%以上面积为郁郁葱葱的红松原始森林所覆盖。那里空气洁净，环境优美，冬暖夏凉（冬天最低5℃-6℃，夏季最高20℃-25℃），房价也仅为温哥华的一半，真是一个养老的好地方。

寻春

晨雪无踪剩落晖，寒鸦欲宿绕林飞。
不知何处寻春色，人在天涯迄未归。

注：晨雪，早晨下的雪。无踪，没有踪迹或踪影。宋 惠洪《效李白湘中体》诗云："雁字初成春有信，烟鬟空好雨无踪。"落晖，夕阳、日落余晖。唐 司空图《杨柳枝寿杯词十八首·其十六》诗云："莫言万绪牵愁思，缉取长绳系落晖。"寒鸦，乌鸦。宋 辛弃疾《鹧鸪天·晚日寒鸦一片愁》词云："晚日寒鸦一片愁。柳塘新绿却温柔。"欲宿，准备栖宿。宋 王安石《过故居》诗云："难忘旧时处，欲宿愧桑门。"

春色，春天的景色。唐 杜甫《蜀相》诗云："映阶碧草自春色，隔叶黄鹂空好音。"天涯，遥远的地方。元 马致远《天净沙·秋思》曲："夕阳西下，断肠人在天涯。"平水韵上平五微。此诗 2019 年 3 月 7 日作于温哥华。

温哥华那天上午下了一场骤雪，地上原本有积雪，但很快就出了太阳，积雪也就找不到了。

一树桃花

一树桃花隔水红，闲人难得赏东风。
世间春色皆相似，无奈心情各不同。

注：隔水，隔着池（河、湖）水。宋 梅尧臣《过华亭》诗云：“晴云嗥鹤几千只，隔水野梅三四株。”闲人，多义，这里无事可做之人，也是诗人自喻。宋 陆游《春雨》诗云：“闭门非为老，半世是闲人。”东风，多义，这里指春天的风景。唐 杜牧《隋堤柳》诗云：“自嫌流落西归疾，不见东风二月时。”

春色，春天的景色。宋 叶绍翁《游园不值》诗云：“春色满园关不住，一枝红杏出墙来。”无奈，没有办法、无可奈何。五代 李煜《相见欢·林花谢了春红》词云：“林花谢了春红，太匆匆。无奈朝来寒雨，晚来风。”心情，心神、情绪。唐 元稹《酬乐天叹穷愁》诗云：“老去心情随日减，远来书信隔年闻。”平水韵上平一东。此诗 2020 年 3 月 6 日作于合肥桂花园。

仲春之际，各种花儿都盛开了。这也是踏青赏春的好时节。然而，此际新冠疫情国内尚未止歇，而国外却又濒临大流行。每思及此，总难释怀，春光失色也。赋诗以记。

紫藤花下

暮春独坐对莲池，正是红稀绿暗时。
一树紫藤沉欲坠，清香慰我自安怡。

注：暮春，阴历三月，尤其指谷雨后至立夏这段时间。唐 薛涛《牡丹》诗云："去春零落暮春时，泪湿红笺怨别离。"红稀绿暗，成语，形容暮春时绿䕃幽暗、红花凋谢的景象。典出宋 无名氏《凤栖梧》词云："绿暗红稀春已暮，燕子衔泥，飞入垂杨处。柳絮欲停风不住，杜鹃声里山无数。"

欲坠，形容不稳固，就要落下来。宋 杜世安《菩萨蛮》词云："游丝欲坠还重上。春残日永人相望。"安怡，安适愉快。出处南朝 宋 鲍照《送从弟道秀别》诗云："岁时多阻折，光景乏安怡。"宋 熊梦渭《挽徐吏部》诗云："静默赏闻道，安怡偶似禅。"平水韵上平四支。此诗 2019 年 4 月 23 日作于合肥桂花园。

暮春时节，一片繁绿。院子里很多春花都谢了，只有紫藤和月季还在开放着。闲暇时坐在馨香扑鼻紫藤棚下，心情安适而怡和。

春阴

青柳红花映碧流，春阴深处有芳洲。
不知天外藏真境，唯见湖中一小舟。

注：碧流，绿水。唐 孟浩然《鹦鹉洲送王九之江左》诗云："洲势逶迤绕碧流，鸳鸯鸂鶒满滩头。"春阴，这里指春日花木的荫翳。唐 杜甫《假山》诗云："慈竹春阴覆，香炉晓势分。"芳洲，芳草丛生的小洲。唐 高蟾《归思》诗云："紫府归期断，芳洲别思迢。黄金作人世，只被岁寒消。"

天外，太空之外，极远之地。战国 宋玉《大言赋》曰："方地为车，圆天为盖，长剑耿耿倚天外。"真境，仙境，这里喻指 2019 年 4 月 10 日那天全世界科学家首次同时公布的黑洞照片。五代 牛希济《临江仙 • 洞庭波浪飐晴天》词云："洞庭波浪飐晴天，君山一点凝烟。此中真境属神仙。"平水韵下平十一尤。此诗 2019 年 4 月 12 日作于合肥蜀峰湾。

傍晚到蜀峰湾散步，时已仲春，桃花点点，岸柳依依，春色甚浓。我看到湖湾水面上有人在撑船打捞水草，就随手拍了一张照片，没想到拍摄效果居然有点像黑洞中的画面，实乃别有洞天也。

春余

时已春余歇野亭，鸟鸣不见却中听。
东风催促桑杨绿，一夜枝头忽变青。

注：春余，暮春或季春，即春天将尽之际。唐 孟浩然《山中逢道士云公》诗云："春余草木繁，耕种满田园。"野亭，野外供人休息用的亭子。宋 张榘《春吟四绝·其一》诗云："沙渚清泠蒲叶水，野亭和暖杏花风。"中听，好听，顺耳。宋 梅尧臣《送崔黄臣殿丞之任庐山》诗云："其间杜鹃不中听，掩耳聊看锦雉驯。"

催促，促使从速去做。宋 柳永《诉衷情·林钟商》词云："一声画角日西曛。催促掩重门。"桑杨，桑树与杨树。《小雅·南山有台》诗云："南山有桑，北山有杨。"平水韵下平九青。此诗 2019 年 4 月 20 日作于合肥。

暮春时节，草木甚繁。前几天那些桑树和杨树才泛出淡淡的绿，今日一见，居然已是青绿一片、枝叶繁茂了。那天是谷雨，即春天最后一个节气开始了。在雨水的滋润下，自然界生物量将进入一年之中增长最快的时期。我很快就能喝上碧绿馨香的六安瓜片茶了。

西山暮春

一湾湖水静如渊，独向西山听杜鹃。
落日余晖轻透叶，碎金装点绿莹然。

注：如渊，深渊貌。宋 阮阅《郴江百咏并序·绿净堂》诗云：“绿如青草净如渊，远近山光上下天。”西山，指位于合肥西面的大蜀山。杜鹃，杜鹃鸟，古称子规、杜宇，多春末夏初之际鸣叫，其鸣声常连续不断，如泣如诉，凄厉而悲凉。宋 裘万顷《次余仲庸松风阁韵十九首·其八》诗云：“杨柳阴中啼杜鹃，梧桐枝上噪玄蝉。”

余晖，傍晚的日光。宋 潘阆《岁暮自桐庐归钱塘晚泊渔浦》诗云：“新月无朗照，落日有余晖。”碎金，细碎的金光。唐 刘兼《新竹》诗云：“影镂碎金初透月，声敲寒玉乍摇风。”装点，装饰点缀。宋 刘克庄《为圃二首·其一》诗云：“屋边废地稍平治，装点风光要自怡。”莹然，光洁透彻貌。宋 梅尧臣《送祖印大师显忠》诗云：“团团冰玉盘，莹然如禅心。”平水韵下平一先。此诗 2019 年 5 月 2 日作于合肥。

立夏将至，莺飞草长的暮春三月要结束了，而蜀峰湾的春景在一片翠绿之中愈发显得清新婉丽，于是我特作此诗以记之。

明日春归去

九里香花寂处开，幽芬满径步徘徊。
莫愁明日春归去，更有诗情著意来。

注：九里香，一种常绿小乔木或灌木，常于春末夏初开放，香气馥郁。宋 吴潜《七用喜雨韵三首·其一》诗云："鼻观初闻九里香，小山幽桂老尤苍。"寂处，孤寂僻静之处。宋 苏轼《杭州次周焘韵游天竺观激水》诗云："道眼转丹青，常于寂处鸣。"幽芬，清香。清 纳兰性德《点绛唇·咏风兰》词云："别样幽芬，更无浓艳催开处。"徘徊，流连往返，来回走动。宋 陆游《杂感》诗云："自洗铜壶试玉醅，小轩风月为徘徊。"

莫愁，不要愁。唐 高适《别董大二首》之一诗云："莫愁前路无知己，天下谁人不识君。"春归，春尽。唐 白居易《送春》诗云："三月三十日，春归日复暮。"诗情，作诗的情趣和兴致。唐 刘禹锡《秋词二首·其一》诗云："晴空一鹤排云上，便引诗情到碧霄。"著意，指集中注意力，用心。《楚辞·九辩》曰："罔流涕以聊虑兮，惟著意而得之。"朱熹集注："著意，犹言著乎心，言存于心而不释也。"平水韵上平十灰。此诗 2019 年 5 月 5 日作于合肥桂花园。

第十四章 咏夏

小园初夏

小园初夏影婆娑，临水红榴映绿罗。
树上枇杷黄欲熟，枝头青杏已无多。

注：婆娑，枝叶扶疏的样子。宋 司马光《忆同寻上阳故宫路》诗云："当时秋天落宫槐，今此婆娑皆合抱。"红榴，红色的石榴花。宋 曹勋《杂诗二十七首•其一》诗云："小栏闲倚薰风晚，一点红榴绿万枝。"绿罗，比喻绿水微波。宋 欧阳修《玉楼春•阴阴树色笼晴昼》词云："杏腮轻粉日催红，池面绿罗风卷皱。"平水韵下平五歌。此诗 2019 年 5 月 21 日作于合肥桂花园。

初夏，合肥居所院子里植被繁茂，许多花果均开始结实。石榴树上火红的石榴花正处于盛开期，个别小石榴已成型。而树上的枇杷已经黄了，碧桃树和蟠桃树也都结出了青青的小桃，但不知为何那棵杏树上原本较多的青杏却少了很多。难不成有人喜欢酸涩的味道？感怀之下，特赋此诗。

初夏雨后

雨后杨花不见飞，西山绰约起林霏。
小荷出水遮凫鹜，暮色迷蒙竟忘归。

注：杨花，这里杨花非指古人诗词中的杨花（多为柳絮），而是指现在各地五月间杨树飘飞的种子。西山，指合肥大蜀山。绰约，柔婉美好貌。唐 白居易《长恨歌》诗云："楼阁玲珑五云起，其中绰约多仙子。"林霏，林中的雾气。宋 卫宗武《宣妙寺即事》诗云："山光含野色，泉脉出林霏。"

小荷，指刚长出水面的荷叶。宋 寇准《夏夜闲书》诗云："幽鸟远声来独树，小荷疏影占前塘。"凫鹜，野鸭子。宋 陆游《比得朋旧书多索近诗戏作长句》诗云："日曛稍退凫鹜行，小山丛竹堂东厢。"迷蒙，形容烟雾弥漫或景物模糊。宋 黄公度《题大盈驿壁》诗云："西风落莫空馆，暮色迷蒙远恋。"忘归，忘返。唐 白居易《琵琶行》诗云："忽闻水上琵琶声，主人忘归客不发。"平水韵上平五微。此诗 2019 年 5 月 15 日作于合肥。

那天一场细雨将合肥干涸的土地再次滋润。傍晚在景色旖旎却几乎空无一人的蜀峰湾散步，我的心情难得地放松，就吟哦了这首诗。

仲夏咏荷

仲夏斜阳照碧洲，一湾粉绿扮娇羞。
谁知花褪心中苦，尽是风流事后愁。

注：碧洲，草木葱茏的水中小岛。明 陈子龙《春寒大风雨竟日分咏水让居》诗云："负湿资佳兴，天风动碧洲。"粉绿，女性化妆用品。这里借指粉红色的荷花和翠绿的荷叶。娇羞，妩媚含羞。南朝 齐 谢朓《咏邯郸故才人嫁为厮养卒妇》诗云："憔悴不自识，娇羞馀故姿。"

花褪，花瓣掉落。宋 苏轼《蝶恋花•春景》词云："花褪残红青杏小。燕子飞时，绿水人家绕。"风流，这里指花哨轻浮。宋 柳永《鹤冲天•黄金榜上》词云："且恁偎红倚翠，风流事，平生畅。青春都一饷。"平水韵下平十一尤。此诗2018年6月26日傍晚作于合肥蜀峰湾。

自北宋文学家周敦颐写了那篇《爱莲说》以来，荷花在人们心中的印象似乎早已定型了，那就是"出淤泥而不染，濯清涟而不妖"。此说法很形象，也很有意境，但千姿百态的荷花还有很多方面值得人们去欣赏和体会，希望这首诗让读者对荷花产生另一种截然不同的感受。

临池观荷

碧荷池里夕阳斜，日暮青黄不见花。
夏去秋来人渐老，凭栏却忆走天涯。

注：碧荷，绿荷。唐 李白《古风•其五十九》诗云："碧荷生幽泉，朝日艳且鲜。"青黄，青色和黄色。宋 范成大《晚步东郊》诗云："水墨依林寺，青黄负郭田。"

凭栏，身倚栏杆。唐 崔涂《上巳日永崇里言怀》诗云："游人过尽衡门掩，独自凭栏到日斜。"天涯，很远的地方。这里表示自己年轻时曾走过许多地方，国内境外，天南地北，四海为家。平水韵下平六麻。此诗 2017 年 8 月 16 日作于深圳荔枝公园。

客亭

外出风来歇客亭，时蕃草木是天经。
皆云一熟须千载，树上蟠桃正送青。

注：客亭，供游客休息游玩的亭子。北魏 郦道元《水经注·济水》曰："此水便成净池也。池上有客亭。"蕃，茂盛繁多。《周易·坤》曰："天地变化，草木蕃。"天经，天之常道。唐 李白《献从叔当涂宰阳冰》诗云："金镜霾六国，亡新乱天经。"

千载，千年，形容岁月长久。宋 陆游《书愤五首·其一》诗云："塞上长城空自许，镜中衰鬓已先斑。出师一表真名世，千载谁堪伯仲间。"蟠桃，一种扁圆形桃子，在中国古代神话里是一种可以延年益寿的仙果，但每1000年成熟一次，所以此诗才有第三句的说法。送青，意呈现青色。宋 王安石《书湖阴先生壁二首·其一》诗云："一水护田将绿绕，两山排闼送青来。"押平水韵下平九青。此诗2018年6月30日晨作于合肥桂花园。

寻常

小院珠榴绿与红，枇杷满树挂玲珑。
不知多少寻常景，欣赏无人细雨中。

注：珠榴，石榴的美称。南朝 齐 谢朓《和沈祭酒行园》诗云：“环梨悬已紫，珠榴折且红。” 玲珑，指物体精巧细致。这里喻树上的枇杷晶莹鲜嫩。唐 邵楚苌《题马侍中燧木香亭》诗云：“树影参差斜入檐，风动玲珑水晶箔。”平水韵上平一东。此诗 2018 年 5 月 22 日作于合肥桂花园。

石榴和枇杷树都是夏天常见的果木，只要仔细观察，夏日里的它们还是很美的，或者说大有可欣赏之处的。这就叫“心中有美皆为景”。同理，我们周围有一些人也许看起来很普通，不起眼，也很容易被忽视或被忘却，其实只要接触多了，你就会发现他们的优点和长处，或者说他们的人格之美，并与他们成为好朋友。

清 纳兰性德有词《浣溪沙·谁念西风独自凉》，其最后一句就是“当时只道是寻常”。这句词将他那种无法挽回的后悔之情展露无遗。但我在此诗中抒发的情感则远没有他那么强烈，因为我只是在说明一个浅显的道理而已。

淡香如缕

轻逐东风落日斜，淡香如缕入吾家。
多情若想无遗憾，唯有呈君栀子花。

注：轻逐，轻手轻脚地追逐。这里指东风吹拂就像追逐着已经倾斜的落日。宋 张镃《竹轩诗兴》诗云：“梢影细从茶碗入，叶声轻逐篆烟来。”如缕，像细线一样。宋 牟子才《风瀑竹（元宵）》词云：“壁月光中箫风远，袅袅馀音如缕。”吾家，我家。唐 杜甫《宗武生日》诗云：“诗是吾家事，人传世上情。”

多情，富有感情。宋 苏轼《念奴娇•赤壁怀古》词云：“故国神游，多情应笑我，早生华发。”另据说，栀子花的花语是“永恒的爱与约定”。夏天的栀子花淡香如缕，足当此谓也。平水韵下平六麻。此诗 2017 年 6 月 4 日作于合肥。

仲夏湖湾

碧荷绿苇亦芳馨，染得湖湾一片青。
夹竹桃花红间白，鸟鸣声脆却无形。

注：碧荷，碧绿色的荷叶。唐 李白《古风•其五十九》诗云：“碧荷生幽泉，朝日艳且鲜。”绿苇，绿色的芦苇。唐 贯休《上冯使君五首•其二》诗云：“眠在绿苇边，不知钓筒发。”芳馨，芳香气味，亦指芳草。唐 钱起《酬长孙绎蓝溪寄杏》诗云：“芳馨来满袖，琼玖愿酬篇。”

夹竹桃花，一种常绿大灌木所开的花，多红白两色，古人对其多有吟咏。宋 曹组《夹竹桃花》诗云：“晓栏红翠净交阴，风触芳葩笑不任。既有柔情慕高节，即宜同抱岁寒心。”无形，不见形体、未露形迹。宋 张舜民《跋百之诗画》诗云：“诗是无形画，画是有形诗。”平水韵下平九青。此诗 2019 年 6 月 3 日作于合肥。

傍晚的蜀峰湾，夕阳西下，湖水镜平；景色旖旎，天朗气清；鸟鸣处处，游人稀稀。实为一派仲夏融和之境也。从那里散步回家后，我特作此诗以记之。

第十五章　咏秋

立秋

如水蟾光照远楼，寄怀美酒欲消愁。
醺酣不觉其时晚，晨起方知已立秋。

注：蟾光，月光。清 曹雪芹《中秋对月有怀》诗云："自顾风前影，谁堪月下俦？蟾光如有意，先上玉人楼。"寄怀，寄托情怀。宋 陆游《出游归鞍上口占》诗云："寄怀楚水吴山外，得意唐诗晋帖间。"美酒，好酒。唐 吕岩《七言》诗云："三尺焦桐为活计，一壶美酒是生涯。"消愁，消除忧愁。唐 李白《宣州谢朓楼饯别校书叔云》诗云："抽刀断水水更流，举杯消愁愁更愁。"

醺酣，酣醉貌。宋 苏辙《寒食二首·其一》诗云："寒食今年客汝南，余樽倾泻亦醺酣。"不觉，多义，这里指没有发觉。宋 向子諲《生查子·与客醉岩桂下，落蕊忽堕酒杯中》词云："醉里又题诗，不觉花前老。"平水韵下平十一尤。此诗 2019 年 8 月 8 日作于深圳。

2019 年的立秋为那天的凌晨 3 时许。前一晚睡前我就着一包兰花豆喝了一杯清香绵柔的台湾米酒。一夜无梦，晨起已然立秋也。

仲秋

海上风凉已仲秋，人皆团聚独漂流。
月光如水无云掩，虽是思乡却忘愁。

注：仲秋，一般指农历八月，也指中秋。两者古时通用。漂流，这里指漂泊，行踪不定漂流四方。唐 白居易《东南行一百韵寄通州元九侍御澧州李十一舍人•窦七校书》诗云："况我身谋拙，逢他厄运拘。漂流随大海，锤锻任洪炉。" 魏晋时的蔡琰，也就是被掳到匈奴嫁人十多年后又被曹操用重金赎回后嫁给董祀的大才女蔡文姬，她在《胡笳十八拍》也曾吟哦道："为天有眼兮何不见我独漂流？为神有灵兮，何事处我天南海北头？"平水韵下平十一尤。此诗 2018 年 9 月 23 日晚作于温哥华。

据资料统计，古代诗人写思乡的诗词并不多，只有不到 200 首。其中，写思乡诗最多的诗人居然是李白。他一共写了 11 首思乡诗。除了那首著名的《静夜思》外，其他虽也不乏名句，但似乎并不那么出名。比如，《春夜洛城闻笛》诗云："谁家玉笛暗飞声，散入春风满洛城。此夜曲中闻折柳，何人不起故园情。"

秋雨

不知不觉到深秋，冷雨凄风未始休。
总有烦心无处说，枫红时节也添愁。

注：凄风，寒风。唐 柳宗元《笼鹰词》诗云："凄风淅沥飞严霜，苍鹰上击翻曙光。"未始，这里指未曾、从未。《庄子·齐物论》曰："古之人，其知有所至矣。恶乎至？有以为未始有物者，至矣，尽矣，不可以加矣。"成玄英 疏："未始，犹未曾。"休，停止，结束。《说文》曰："休，息止也。"

烦心，使人心烦。明 文徵明《夏日饮以可池亭》诗云："池塘听雨烦心净，轩槛迎风醉面凉。"枫红时节，枫叶红了的时候。添愁，增加愁绪。宋 陆游《王成之给事挽歌辞》诗云："挥毫看半醉，追想只添愁。"平水韵下平十一尤。此诗 2018 年 10 月 2 日作于温哥华。

秋色

无边秋色胜芳辰，不觉何时已入神。
终是多情成忆想，红枫林里白头人。

注：芳辰，美好的风光，多指春季。宋 苏轼《浣溪沙·芍药樱桃两斗新》词云：“芍药樱桃两斗新。名园高会送芳辰。洛阳初夏广陵春。”多情，对人感情深挚。唐 杜牧《赠别二首·其二》诗云：“多情却似总无情，唯觉樽前笑不成。”忆想，回想。宋 唐庚《有所叹诗·其二》诗云：“耕田佩印两徒然，忆想平津只去年。”平水韵上平十一真。此诗 2018 年 10 月 17 日作于温哥华。

那些天我写了不少咏秋（包括吟咏红枫）的绝句。其实，很多吟咏风物的诗都是诗人借咏物来抒发自己的某种特定感情。人老了，总喜欢回想过去。但在回想时又喜欢对照眼下，此时产生的那种情愫是比较微妙而含蓄的。今天这首绝句也是如此。

秋风

细雨无声易湿衣，去寻树下作凭依。
秋风不解缘何故，吹得枝头老叶稀。

注：凭依，依托、依靠，这里是说到树下避雨。唐 韩愈《杂说一 • 龙说》曰：“然龙弗得云，无以神其灵矣。失其所凭依，信不可欤！”

不解，不懂，不理解。唐 李白《月下独酌四首 • 其一》诗云：“月既不解饮，影徒随我身。”缘何，因何，为何。宋 梅尧臣《郭之美忽过云往河北谒欧阳永叔沈子山》诗云：“问我此蟠桃，缘何结子迟。”平水韵上平五微。此诗 2018 年 10 月 25 日作于温哥华。

那天上午温哥华下起了毛毛细雨，我出去散步，看到秋风萧瑟，落叶满地，细雨如烟，给人一片凄清的感觉。好像前几天还是枝繁叶茂的大树，突然就变成了一株株枝条光秃的树干了。大自然的季节变换多么的突兀啊！观之，心里顿生一种失落感，这也许就是触景生情吧。明 谭元春在他的散文《秋冬之际草》中就说：“秋冬之际，尤难为怀。”说的可能就是这个道理。

秋思

兴至吟它一首诗，只因此季易秋思。
故交寥落人何在？叶舞风前忆少时。

注：兴至，兴趣或兴致来了。宋 王安石《冲卿席上得作字》诗云："论诗知不如，兴至亦同作。"秋思，秋天的思念、思考等。古人很喜欢写秋思诗。据资料显示，古人仅以"秋思"为题写的诗词就有两百多首（阕），李白、岑参、白居易、王昌龄和陆游等大诗人都写过。故交，亦称故旧、旧交、故人，泛指有交情的老朋友。宋 陆游《秋思》诗云："远游眼底故交少，晚岁人间乐事稀。"

寥落，稀疏、冷清。南朝 齐 谢朓《京路夜发诗》云："晓星正寥落，晨光复泱漭。"李善 注："寥落，星稀之貌也。"唐 韩愈《华山女》诗云："黄衣道士亦讲说，座下寥落如明星。"少时，小时候。宋 贺铸《阳羡歌·山秀芙蓉》词云："元龙非复少时豪，耳根洗尽功名话。"平水韵上平四支。此诗 2018 年 10 月 26 日作于温哥华。

中秋夜雨

渐浓暮色渐天凉，小雨淋漓滞桂芳。
可叹中秋无月夜，不知何处挂蟾光？

注：暮色，傍晚昏暗的天色。唐 杜甫《宿凿石浦》诗云："回塘澹暮色，日没众星嘒。"淋漓，沾湿流滴的样子。唐 韩愈《醉后》诗云："淋漓身上衣，颠倒笔下字。"滞，停滞，阻塞。桂芳，指桂花的香气。蟾光，月光，也指月亮。唐 李贺《感讽五首·其五》诗云："岑中月归来，蟾光挂空秀。桂露对仙娥，星星下云逗。"平水韵下平七阳，此诗 2017 年 10 月 4 日中秋夜作于合肥。

那天中午我与兄弟姐妹等家人相聚，大家把酒言欢，很是高兴。但傍晚，暮云四合，下起了小雨。看来晚上是看不到丁酉年八月十五的月亮了。不仅如此，院子里的那几株桂花树原本香气扑鼻，但小雨一下，馥郁的香气也似乎被兜了回去。感由心生，由是，我就写了这首诗。

秋水

异国西风亦怆凉，枯黄满目落初霜。
一泓秋水平如镜，道是寻常却断肠。

注：怆凉，悲伤凄凉。《辛亥革命前十年间时论选集·雷昭性》曰："吾盖观于名之一字，而不禁为吾国数千年怆凉感喟，欷歔欲绝焉矣。"初霜，早霜。唐 李白《鲁东门观刈蒲》诗云："鲁国寒事早，初霜刈渚蒲。"

一泓，清水一片。唐 李贺《 梦天》诗云："遥望齐州九点烟，一泓海水杯中泻。"秋水，多义，这里指秋天的湖水。唐 王勃《滕王阁序》曰："落霞与孤鹜齐飞，秋水共长天一色。"断肠，指断魂、销魂，使人荡气回肠，多用以形容悲伤到极点。唐 李白《清平调·其二》词云："一枝红艳露凝香，云雨巫山枉断肠。"平水韵下平七阳。此诗 2017 年 10 月 16 日作于合肥。当时我因睹留美老同学杨晓楠所示美国某地秋景照片有感，特作此诗以记之。

第十六章 咏冬

立冬

山间夕照坠烟霞，水上青凫越苇花。
难得立冬晴色好，寒风不日下霜华。

注：烟霞，云霞或山林等。元 元好问《浣溪沙　为爱刘郎驻玉华》词云："为爱刘郎驻玉华。暗将心事许烟霞。"青凫，一种小型野鸭。唐 卢照邻《初夏日幽庄》诗云；"钓渚青凫没，村田白鹭翔。"

晴色，晴朗的天色。明 唐寅《晴色湖光》诗云："红霞潋滟碧波平，晴色湖光尽不成。"不日，要不了多久、不久。宋 赵长卿《浣溪沙（呈赵状元）》词云："对策有人新切直，逢春不日尽施行。"霜华，霜花，也指白发。唐 毛熙震《更漏子　秋色清》词云："更漏咽，蛩鸣切，满院霜华如雪。"唐 温庭筠也有《达摩支曲》诗云："旧臣头鬓霜华早，可惜雄心醉中老。"平水韵下平六麻。此诗 2019 年 11 月 8 日立冬作于合肥。

立冬是冬季的开始，虽会出现风和日丽的农历十月小阳春天气，但无需多久，寒风霜雪便会接踵而至了。对此，人们得有足够的思想准备。

小港孟冬

小港风情别样浓，闲人独坐意幽慵。
桅杆高耸难遮日，如洗蓝天数孟冬。

注：小港，指温哥华格兰维尔岛，它是一个艺术小镇，也是一个不大的游艇码头。风情，风光情调。宋 林逋《山园小梅·其一》诗云：“众芳摇落独暄妍，占尽风情向小园。”闲人，清闲无事的人。宋 陆游《春雨》诗云：“闭门非为老，半世是闲人。”幽慵，悠闲懒散。宋 司马光《闲居》诗云：“我已幽慵僮更懒，雨来春草一番多。”

桅杆，船上挂帆的柱杆。格兰维尔小镇也是一个游艇港湾，里面泊有数以百计的各式游艇，因而桅杆林立。孟冬，冬季的第一个月，即农历十月。平水韵上平二冬。此诗 2018 年 11 月 17 日作于温哥华。

在温哥华能找个阳光灿烂的周末外出散散心实属不易。那天是个好日子，格兰维尔岛的游人不少。我想既然去了，那就做个闲人，幽慵地度过一段轻松惬意的时光吧。

寒雨

冬雨侵衣暮色寒，归来满径尽凋残。
闭门仍觉窗前冷，一盏烹茶足自安。

注：侵衣，透过衣裳。宋 陆游《湖上》诗云：“秋早明河低接地，夜深白露冷侵衣。”暮色，傍晚的天色。清 谭嗣同《冬夜》诗云：“班马肃清霜，严城暮色凉。”满径，铺满了小径。宋 林景熙《闻蛩》诗云：“落叶已满径，征人犹在边。”凋残，衰败脱落的花叶。宋 刘克庄《沁园春·维扬作》词云：“辽鹤重来，不见繁华，只见凋残。”

仍觉，仍然感到。宋 曾协《和韩子文五首·其一》诗云：“寒浅定知春已至，意闲仍觉日初长。”烹茶，煮茶或沏茶。这里喻指沸水泡茶。清 乾隆《再游龙井作》诗云：“问山得路宜晴后，汲水烹茶正雨前。”自安，自安其心、自寻其乐。此句脱胎于唐 韩愈《石鼎联句》一诗所引侯喜诗句，云：“在冷足自安，遭焚意弥贞。”平水韵上平十四寒。此诗 2019 年 11 月 27 日作于合肥。

寒雨尽日，落叶纷然，满目凄清。傍晚在院子里转了一趟，还淋了一身雨。陆游曾有诗云：“寒雨连三夕，幽居只数椽。”合肥也连下三天寒雨了，何时将放晴呢?

冬风薄情

此树曾经也向荣，如今片片落无声。
莫嗔霜叶留不住，原是冬风太薄情。

注：向荣，指植物生长茂盛。东晋 陶渊明《归去来兮辞》曰：“木欣欣以向荣，泉涓涓而始流。” 宋 杨万里《次昌英主簿叔晴望韵》诗云：“秋水冬全落，寒梅暖向荣。”嗔，不满、怪罪。宋 冯时行《再和》诗云：“吾徒况健步，人扶必怒嗔。频行当导引，能除体不仁。”薄情，指不念情义。宋 李元膺《鹧鸪天•寂寞秋千两绣旗》词云：“薄情风絮难拘束，飞过东墙不肯归。”平水韵下平八庚。此诗 2018 年 11 月 20 日作于温哥华。

自然界的草木荣枯遵循的是自然规律，而人类社会也遵循着同样的盛衰兴废规律，只不过很多人没有或不愿意识到而已。

奈冬何

又看红日起晴和，竟似春晖未足多。
纵有蓝天堪慰藉，满山霜冻奈冬何。

注：晴和，天气晴朗暖和。唐 白居易《强起迎春，戏寄思黯》诗云：“杖策人扶废病身，晴和强起一迎春。”春晖，春天温暖的阳光。宋 欧阳修《春帖子词二十首•皇帝合六首•其二》诗云：“朝云蔼蔼弄春晖，万木欣欣暖尚微。”未足多，未能胜过。宋 王安石《送王介学士知湖州》诗云：“吴兴太守美如何，柳恽诗才未足多。”

慰藉，抚慰、安慰。宋 范成大《次韵耿时举苦热》诗云：“荷风拂簟昭苏我，竹月筛窗慰藉君。”奈冬何，意思是即便是晴天红日，但对于寒冷的冬天来说也没有什么办法吧。平水韵下平五歌。此诗 2018 年 12 月 7 日作于温哥华。

自然界有一些景色是有违和感的。比如这几天的温哥华，每天都是煦阳高照，天朗晴和。但冬天就是冬天，气温始终很低，清晨总在零度以下，目光所及之处无不出现了严重的霜冻。其实，人生又何尝没有如此情景？

了无牵挂任冬风

繁华未必总成空，山色还曾绿或红。
虽则如今皆落尽，了无牵挂任冬风。

注：繁华，既指草木和城市繁荣美盛，也指容貌美丽、正值青春年华。前者如宋 白玉蟾《春词七首·其一》诗云：“千红万紫竞繁华，莺燕多依富贵家。上巳兰亭修禊事，一年春色又杨花。”还有唐 韦应物的《拟古诗十二首·其三》诗云：“京城繁华地，轩盖凌晨出。”后者则有唐 司空图《春愁赋》曰：“贪壮岁之娱游，惜繁华之易度。”而此诗中两义皆有。成空，成为虚空。宋 张抡《踏莎行·堪笑山中》词云：“韶光回首即成空，及时乐取逍遥性。”虽则，虽然。唐 罗隐《西川与蔡十九同别子超》诗云：“相欢虽则不多时，相别那能不敛眉。”平水韵上平一东。此诗 2018 年 12 月 4 日作于温哥华。

此诗中说到繁华是想通过描述自然风物的盛衰变化来喻指人，也就是我自己。其实，我们所生活其中的社会以及每一个社会之人又何尝不是如此呢？

初冬式微

已是初冬叹式微，幸凭日出敛林霏。
斜阳透照霜红叶，方酿诗情却坠飞。

注：式微，衰微。《诗经•邶风•式微》曰：“式微，式微！胡不归？”《朱熹集传》曰：“式，发语辞。微，犹衰也。”宋 苏辙《九日三首•其一》诗云：“忧患十年足，何时赋式微。”林霏，林中雾气。宋 欧阳修《醉翁亭记》曰：“若夫日出而林霏开，云归而岩穴暝。”平水韵上平五微。此诗 2018 年 11 月 12 日作于温哥华。

古人云，人生不如意之事十之八九。宋 辛弃疾《贺新郎•用前韵再赋》词云：“叹人生、不如意事，十常八九。”其意思是说，人生并不都是幸福满满、顺顺当当的，而总是会遇到各种各样不如意的事情，就看你持什么心态以及如何去处理和解决。其实，自然界和世事又何尝不是如此？因为自然界和社会上有很多事情步入式微时都是不以人的意志为转移的。

秋风吹着就成冬

人生自在本从容，却对长天忆旧踪。
莫怪门前枫树老，秋风吹着就成冬。

注：自在，自由，不受约束，这里指远离烦恼。宋 陆游《杂感》诗云：“人生自在常如此，何事能妨笑口开？”旧踪，旧时踪迹，这里指回忆往事。唐 贾岛《阮籍啸台》诗云：“如闻长啸春风里，荆棘丛边访旧踪。”唐 李商隐《井络》诗云：“将来为报奸雄辈，莫向金牛访旧踪。”平水韵上平二冬。此诗 2018 年 11 月 11 日作于温哥华。

那天看到合肥一中学弟学妹们聚会纪念毕业暨上山下乡 50 周年聚会的照片，勾起了我很多知青往事。我写的《知青杂记》系列文章记述了一些有意义的故事，其实还有更多的记忆都是零碎的片段，很难将其串联并记述下来。当然，也有一些生活糗事，也叫不美好的往事，只能在老友间互相笑噱一番，怎好意思表述出来示人？不过，喜欢忆旧是衰老的一种表征。因为说着说着，人也就老了。

第十七章 咏雪

飞雪

漫天飞雪落无声，染白山林亦不争。
故国何时冬去也，滋荣万物感吾生。

注：不争，中国伦理思想史用语。道家视其为一种天道自然准则。《老子·第七十三章》曰："天之道，不争而善胜"。也，语气助词，表示判断和肯定，相当于"了""啊"等。宋 程垓《酷相思·月挂霜林寒欲坠》词云："欲住也、留无计。欲去也、来无计。"滋荣，指滋生繁茂。汉 张衡《归田赋》曰："于是仲春令月，时和气清；原隰郁茂，百草滋荣。"吾生，自己的生命。最后一句典出东晋 陶渊明《归去来兮辞》："善万物之得时，感吾生之行休。"平水韵下平八庚。此诗2018年2月23日作于温哥华。

在古典诗词中，雪有着多种意象。有祥瑞高洁，也有压迫摧残，还有传统文学上的孤寂伤悲和佛学禅境上的静远空灵等。但在我看来，雪有革故鼎新的意象，即在对所有腐朽之物发挥出寒气凌厉的肃杀作用之后还给大地万物的再生带去了滋荣之水。

雪后

春至虽然雨雪稠，朔风二月也趋休。
多情何必寻烦恼，一树寒鸦不见愁。

注：朔风，冬天的风，也指寒风、西北风。南北朝 谢灵运《岁暮》诗云：“明月照积雪，朔风劲且哀。”多情，感情丰富。唐 何兆《玉蕊花》诗云：“惟有多情天上雪，好风吹上绿云鬟。”寒鸦，乌鸦别称。在古诗中寒鸦是一种经常出现的意象，多用来表现诗人寂寞、冷清的生活。宋 辛弃疾《鹧鸪天·晚日寒鸦一片愁》词云：“晚日寒鸦一片愁。柳塘新绿却温柔。”但因可以自由飞翔，寒鸦也有象征自由的意味。明 朱瞻基《潇湘八景画·远浦归帆》诗云：“寒鸦飞尽淡烟收，浩荡瑶空净如洗。”平水韵下平十一尤。此诗 2018 年 2 月 20 日作于温哥华。

薄雪如霜

寒云冷峭对初阳，今日新年忆故乡。
惆怅不知春已至，一层薄雪白如霜。

注：冷峭，寒气逼人。唐 白居易《府酒五绝•招客》诗云：“日午微风旦暮寒，春风冷峭雪乾残。”初阳，早晨的太阳，亦指初春。此诗中两义皆有。唐 温庭筠《正见寺晓别生公》诗云：“初阳到古寺，宿鸟起寒林。”

惆怅，伤感、失望。宋 苏轼《梦中绝句》诗云：“落英满地君方见，惆怅春光又一年。”薄雪，小雪。宋 叶梦得《蝶恋花•薄雪消时春已半》词云：“薄雪消时春已半。踏遍苍苔，手挽花枝看。”春已至，指年三十那天国内正好立春。平水韵下平七阳。此诗 2019 年 2 月 4 日作于温哥华。

那天故国已是新年第一天了，温哥华当时却是农历大年三十下午。昨夜下了一场小雪，屋顶、草地和小路上积了薄薄一层雪，远看就像结霜了一样。

飞雪萦空

忽然晴日起雰霏，云气迷蒙掩素晖。
一阵朔风斜掠过，萦空唯见雪翻飞。

注：雰霏，雨雪盛貌。宋 张先《芳草渡（般涉调）》词云：“主人宴客玉楼西。风飘雪、忽雰霏。” 素晖，日（月）光。唐 侯冽《花发上林》诗云：“素晖云积苑，红彩绣张林。”

朔风，冬天的寒风。南北朝 谢灵运《岁暮》诗云：“明月照积雪，朔风劲且哀。”萦，缠绕、收卷。唐 李隆基《喜雪》诗云：“委树寒花发，萦空落絮轻。”南朝 吴均《咏雪》诗云：“微风摇庭树，细雪下帘隙。萦空如雾转，凝阶似花积。”翻飞，忽上忽下地飞舞。唐 宋之问《至端州驿见杜五审言沈三佺期阎五朝隐王二无竞题壁慨然成咏》诗云：“云摇雨散各翻飞，海阔天长音信稀。”平水韵上平五微。此诗2019年2月10日作于温哥华。

与往年不同，冬天多雪的温哥华自去年入冬以来一直没有下雪。那天早上还是晴天，然而中午时分，一阵朔风吹过，居然下雪了。这是温哥华2019年的第一场雪，且是春雪，真让人高兴。特赋此诗而记之。

拂晨

虽已逢春不见春，一场大雪易愁人。
客怀寂寞高坡上，伫听寒鸦叫拂晨。

注：愁人，令人发愁。《楚辞•九歌•大司命》曰："结桂枝兮延伫，羌愈思兮愁人。愁人兮奈何，愿若今兮无亏。"客怀，身处异乡的情怀。元 萧允之《蝶恋花•十幅归帆风力满》词云："已是客怀如絮乱。画楼人更回头看。"

寂寞，孤单冷清。宋 苏轼《浣溪沙•荷花》词云："天气乍凉人寂寞，光阴须得酒消磨。"伫听，凝神倾听。唐 孟匡明《饯王将军赴云中》诗云："伫听阴山静，谁争万里功。"拂晨，天快亮之际。唐 白居易《东南行一百韵寄通州元九侍御》诗云："承明连夜直，建礼拂晨趋。"平水韵上平十一真。此诗 2019 年 2 月 11 日作于温哥华。

古人吟雪的诗词多如牛毛，且雪的意境更是多种多样。意境是一个现代词语，其意思说白了也很简单，就是人们在看到某种特定景色(或艺术图景）后所产生的某种特定的感觉。可见，所谓意境既具有一定的共性，又具有个人化特色。那么，这首诗的意境又是什么呢?

原上老松

飘零一夜落无声，外出方知雪满城。
原上老松冠纵白，行高安用叹平生。

注：原上，高地。唐 薛据《出青门往南山下别业》诗云：“寒风吹长林，白日原上没。”飘零，轻柔物自空中飘落。汉 司马相如《美人赋》曰：“流风惨冽，素雪飘零。”纵，纵然，即使。宋 柳永《雨霖铃·寒蝉凄切》词云：“便纵有千种风情，更与何人说？”

行高，品性高洁。唐 韩愈《别赵子》诗云：“心平而行高，两通《诗》与《书》。”安用，哪里用得着。宋 王令《寄满子权二首·其一》诗云：“能将道系穷通里，安用身居进退间。”平生，一生、此生。宋 朱熹《自警》诗云：“十年浮海一身轻，归对梨涡却有情。世路无如人欲险，几人到此误平生。”平水韵下平八庚。此诗2019年2月12日作于温哥华。

那两天，温哥华一直在下雪。天地间一片洁白，积雪也越来越厚。早上我外出散步时，发现空旷的公园草地上雪深没踝，树冠皆白。那种在漫天飞雪、静寂无人的雪地上行走的感觉很特别，于是便写了这首诗。

白雪

洁白如毡覆积埃，却逢晴日促云开。
寒风无力留不住，化作清流入海来。

注：毡，用羊毛捻压成的片状物则为毡，多白色。《说文》曰：“捻毛也，或曰捻熟也。蹂也，蹂毛成片，故谓之毡。”唐 郑概《状江南·孟秋》诗云：“江南孟秋天，稻花白如毡。”积埃，积累的尘埃。晴日，晴天的阳光。唐 苏颋《奉和春日幸望春宫应制》诗云：“东望望春春可怜，更逢晴日柳含烟。”

清流，清澈的流水。喻指德行高洁、负有名望的人。宋 苏轼《和子由闻子瞻将如终南太平宫溪堂书》诗云：“譬如倦行客，中路逢清流。”平水韵上平十灰。此诗 2019 年 2 月 13 日作于温哥华。

在连续下了几天后，那天温哥华的雪终于停了，太阳也出来了。白雪的意象有很多，如丰收，肃杀，冷酷和纯洁等。其实，白雪还隐喻了一种高洁的品德：洁白、高冷、不流俗。此诗就是试图解构白雪的这一意象。

雪痕

廛市无人店闭门，哪堪灯色掩黄昏。
湖边独步添惆怅，尽是穷禽印雪痕。

注：廛市，商肆聚集之处。宋 方回《题王义之云隐》诗云："心天界限绝尘氛，廛市虽喧耳不闻。"哪堪，怎能、那里能。宋 陆游《野兴》诗云："世态那堪看，吾言可自违。"灯色，灯光。唐 姚合《武功县中作三十首（一作武功县闲居）•其二十》诗云："晴月销灯色，寒天挫笔锋。"

惆怅，因失望而伤感或懊恼。明 陆采《怀香记•缄书愈疾》："心惆怅，把佳期翻为灾瘴。"穷禽，无处可去的禽鸟。《隶释•汉梁相孔耽神祠碑》曰："放笼罗之雉，救穷禽之厄。"雪痕，雪地里的痕迹。宋 李廷忠《卜算子•草际雪痕消》词云："草际雪痕消，梅上春心动。"平水韵上平十三元。此诗 2020 年 1 月 27 日作于合肥。

SARI 病魔来袭，侵虐全国，国人无处可去，闭门自我隔离已近一周。我偶尔开车出门，见平日喧闹的街市几乎空无一人，心下戚然也，在家无事，特赋此诗。

第十八章 悯农

劳情何系

苦茶一盏望天边，满目流云散似烟。
总拥劳情何所系？农人无意种公田。

注：苦茶，这里指苦涩的浓茶。流云，原指流动的云。这里形容那些在城乡之间漂泊无根的人。劳情，忧愁之情。东晋 陶渊明《闲情赋》曰：“拥劳情而罔诉，步容与于南林。”而这里的拥，意怀抱和充满；劳，则意忧愁。《诗经·邶风·燕燕》云：“实劳我心。”无意，指没有做某事的愿望。公田，指古代诸侯国国君或国家占有并控制的土地，与所谓私田，即农民的自有土地相对称。平水韵下平一先。此诗 2018 年 8 月 2 日傍晚作于深圳居所书房。

我从报道得知，2018 年中国夏粮减产 300 多万吨，安徽和河南两省夏粮减产幅度均超 50%。为此劳情，感而慨之，于是我特赋此诗以记之。

易道

今夏收成锐减之，农民无奈地荒时。
骄骄维莠如何去？易道轻关愿不迟。

注：地荒，田地荒芜。宋 张镃《秋日登集仙台》诗云：“地荒无处可追游，赖有兹山景颇幽。”骄骄，犹乔乔，高大貌；维莠，意狗尾巴草，野草。骄骄维莠，指长得高高的野草。诗经《国风•齐风•甫田》云：“无田甫田，维莠骄骄。无思远人，劳心忉忉。”易道，原意为整饬道路。《国语•晋语四》曰：“轻关易道。”韦昭 注：“轻关，轻其税。易道，除盗贼。”而这里的易道，即指变革制度，尤其是改革农村土地产权制度。愿，希望。东晋 陶渊明《归去来兮辞》曰：“富贵非吾愿，帝乡不可期。”平水韵上平四支。此诗 2018 年 8 月 8 日作于深圳。

据报道，由于种粮亏损，很多农民弃田不耕，造成很多田地荒芜。我从电视上看到那么大片的田地长满了荒草，心中不由地叹息，于是赋此诗而记之。

泪痕

欲别妻儿似掉魂，为谋生计得离村。
门前执手重叮嘱，路上方知拭泪痕。

注：生计，谋生的办法。唐 白居易《送萧处士游黔南》诗云：“生计抛来诗是业，家园忘却酒为乡。”执手，拉手。唐 孟浩然《与白明府游江》诗云：“执手恨为别，同舟无异心。”泪痕，眼泪流过留下的痕迹。唐 李白《怨情》诗云：“但见泪痕湿，不知心恨谁。” 此时记录了一位农民工春节后离家与在家留守的妻儿和老父亲告别时的情形。平水韵上平十三元。此诗 2018 年 11 月 27 日作于温哥华。

对灯生惕想

繁华落尽入深冬，残月寒霜夜色浓。
寂寞对灯生惕想，所思依旧在黎农。

注：繁华落尽，既喻年华、韶华逝去，又喻曾经的鼎盛繁华，而今已没落衰败。唐 刘禹锡《送廖参谋东游二首·其二》诗云：“繁花落尽君辞去，绿草垂杨引征路。东道诸侯皆故人，留连必是多情处。”霜寒，寒冷的冰霜。李世民《赋得临池竹》诗云：“贞条障曲砌，翠叶贯寒霜。”

惕想，意忧思。唐 李白《献从叔当涂宰阳冰》诗云：“遥知礼数绝，常恐不合并。惕想结宵梦，素心久已冥。”黎农，农民。清 褚人获《坚瓠六集·田家乐》诗云：“我见黎农快活因，自说村居不厌贫。”平水韵上平二冬。此诗 2018 年 12 月 6 日作于温哥华。

民罔攸赖

远山带雨暮云深，独坐书斋阅古今。
民罔不知攸赖处，每思及此总伤心。

注：谛读，仔细阅读。暮云，黄昏的云。唐 王维《观猎》诗云：“回看射雕处，千里暮云平。”书斋，书房。唐 王勃《赠李十四四首·其四》诗云：“直当花院里，书斋望晓开。”古今，古代与现今。唐 储光羲《题虬上人房》诗云：“入道无来去，清言见古今。”

罔，蒙蔽、迷惑或不懂。隋 无名氏《绍兴以后祀五方帝六十首·其一》诗云：“不有神休，民罔攸赖。”攸赖，所依赖、依仗的。此句典出孟子就齐桓晋文之事答齐宣王曰：“民之为道也，有恒产者有恒心，无恒产者无恒心。苟无恒心，放僻邪侈，无不为已。及陷乎罪，然后从而刑之，是罔民也。焉有仁人在位，罔民而可为也？”伤心，悲痛、难过。唐 李益《上汝州郡楼》诗云：“今日山城对垂泪，伤心不独为悲秋。”平水韵下平十二侵。此诗2019年8月29日作于深圳。

那天看到那部新修订、有进步然问题依旧不少的《土地管理法》出台了，心里就想到了两千多年前孟子说的“有恒产者有恒心，无恒产者无恒心”那句话。

第十九章　行旅

西行

一声轻叹见凡流，此次西行海尽头。
欲叙亲情家国远，何人共我度中秋？

注：见，音与意均同现。凡流，平凡的人。明 杨慎《伏枕行赠严应阶》诗云：“严夫子交谊非凡流，往时倾盖今白头。”尽头，结束的地方。宋 陈均《九江闻雁》诗云：“烟波渺渺梦悠悠，家在江南海尽头。”

亲情，亲人之间的情谊。唐 白居易《井底引银瓶·止淫奔也》诗云：“岂无父母在高堂？亦有亲情满故乡。” 共，指一同。宋 辛弃疾《贺新郎·别茂嘉十二弟》词云：“谁共我，醉明月？”平水韵下平十一尤。此诗 2018 年 9 月 20 日于香港国际机场。

那天我离开深圳经香港飞温哥华。只身离乡出国总是一件伤感的事。再过几天就是中秋节了，可家人大多在国内，我该怎样度过此节呢？聊以安慰的是，温哥华秋天的枫树据说很美，从现在起到 10 月份又是赏枫的最好季节。这也算是一个意外之喜吧。

轮回

使命难辞万里迁，晚秋水浅越寒川。
原知此去无归路，赴死还将后世延。

注：寒川，寒天的河流。唐 柳宗元《游石角过小岭至长乌村》诗云："磴回茂树断，景晏寒川明。"平水韵下平一先。此诗 2018 年 10 月 13 日作于温哥华威化溪（Weaver Creek）。

每年秋冬之际，数百万条太平洋鲑鱼都会开始其数千千米从海洋洄游到淡水河流的上游去产卵或授精的艰难旅程，然后在产卵溪流中死掉（温哥华莎菲河上游的威化溪是其中一条重要的产卵河流）。这是一个没有归途的死亡之旅，也是大自然中最令人惊叹的一种生命轮回现象。此诗记叙的就是这一壮观景象。

桐城游

樟树青葱小巷深，桐城学派续如今。
读书方可先闻道，自古文人共此心。

注：小巷，指桐城著名的六尺巷，长100米、宽2米，建成于清朝康熙年间，巷道两端立有石牌坊，牌坊上刻着“礼让”二字。清 张英的这首“千里来书只为墙，让他三尺又何妨？长城万里今犹在，不见当年秦始皇”的让墙诗，据说就是与六尺巷名称来源有关一段历史典故。

闻道，领会某种道理。《论语•里仁》曰：“朝闻道，夕死可矣。”老子《道德经》第四十一章曰：“上士闻道，勤而行之；中士闻道，若存若亡；下士闻道，大笑之。不笑不足以为道。”平水韵下平十二侵。此诗2017年4月23日作于桐城。

桐城派是我国清代文坛上最大的散文流派，亦称“桐城派”或“桐城学派”，在中国古代文学史上占有显赫地位。

月升海上

一派烟空起暮云，月升海上对斜曛。
凭栏目送孤帆尽，此刻悠然远俗纷。

注：一派，一片，一阵。金 元好问《自题写真二首•其二》诗云：“一派春烟澹不收，渔家已许借扁舟。”烟空，高空缥缈的烟云。唐 黄滔《送君南浦赋》曰：“夜泊而猿啼霜树，晨征而月在烟空。”暮云，黄昏的云。唐 杜甫《春日忆李白》诗云：“渭北春天树，江东日暮云。何时一樽酒，重与细论文。”斜曛，落日余晖。宋 韩淲《浣溪沙•同昌甫饮南池》词云：“屋上青山列晚云。水边红袂映斜曛。”

凭栏，亦作“凭阑”。身倚栏杆。南唐 李煜《浪淘沙令•帘外雨潺潺》词云：“独自莫凭栏，无限江山，别时容易见时难。”悠然，悠闲淡泊的样子。东晋 陶渊明《饮酒•其五》诗云：“采菊东篱下，悠然见南山。”俗纷，尘世的纷扰。唐 宋之问《绿竹引》诗云：“妙年秉愿逃俗纷，归卧嵩丘弄白云。”平水韵上平十二文。此诗 2019 年 1 月 19 日作于红宝石号邮轮上。是日我与太太乘红宝石号邮轮从洛杉矶到墨西哥的卡波圣卢卡斯去旅游。

楼船灯火

海风吹日落云霞，移步舷边月正斜。
回首楼船灯火处，踏歌一曲走天涯。

注：海风，海上的风。宋 黄庭坚《为黄龙心禅师烧香颂三首·其一》诗云："海风吹落楞伽山，四海山徒著眼看。"移步，移动脚步，意走动。宋 曹冠《定风波·万个琅玕筛日影》词云："鸣鸟一声林愈静。吟兴。未曾移步已成诗。"那两天月亮很圆，看到海上升明月时的那种感觉真的很好。

楼船，古代一种大型游船。这里指排水量 11.3 万吨、有 14 层游客甲板的红宝石公主号邮轮。踏歌，古代一种边歌边舞的艺术形式。唐 储光羲《蔷薇篇》诗云："连袂踏歌从此去，风吹香气逐人归。"这里指公主号邮轮上每天晚上演出的歌舞和音乐剧。走天涯，源于卡波圣卢卡斯港别称。此港位于墨西哥狭长的长约 1200 公里的下加利福尼亚半岛的最南端，墨西哥人曾认为此地就是陆地的尽头，因此便称卡波圣卢卡斯为"Land's End"，也就是"天涯海角"。平水韵下平六麻。此诗 2019 年 1 月 20 日作于红宝石公主号船上。

南行不见冬

海路南行不见冬，船游异国兴方浓。
情人岛上寻幽境，五彩街头坐老慵。

注：首句指此行从隆冬阴寒的温哥华飞到美国的洛杉矶，再乘红宝石公主号邮轮南下墨西哥太平洋沿岸几个终年温暖的南亚热带城市旅游，那里夏意盎然，而之前温哥华的冬意早已消尽。船游，指此次乘红宝石公主号邮轮赴墨西哥太平洋沿岸旅游。

情人岛，指墨西哥南加利福尼亚半岛南端的旅游胜地卡波圣卢卡斯港，那里一年四季阳光灿烂，气温适宜，世界各地情侣多好游此地，所以又称情人岛。幽境，幽雅的胜境。唐 白居易《小台》诗云：“幽境与谁同？闲人自来往。”五彩街头，指当地，即卡波圣卢卡斯、马萨特兰和瓦拉尔塔港几个海滨城市的建筑物和街景多涂以各种颜色。老慵，年老懒散之人，多为老年人自谦之词。唐 白居易《老慵》诗云：“岂是交亲向我疏，老慵自爱闭门居。”平水韵上平二冬。此诗 2019 年 1 月 23 日作于墨西哥瓦拉尔塔港。

我们这个岁数的人到哪里去旅游，一般都不喜欢参加带有刺激性的旅游项目，闲坐看看风景也许是首选吧。

今日是归期

西游今日是归期，故里观樱亦未迟。
虽说吟诗难尽兴，异乡羁旅有终时。

注：西游，指自己客居温哥华。故里，指旧时的门巷故居，也指故乡、老家。唐 李中《送人南游》诗云："早思归故里，华发等闲生。"观樱，是指前面诗文写到的深圳和合肥的樱花，前者已经盛开，而后者的花期则要到 3 月下旬。我这次回国观赏樱花显然正逢其时。

尽兴，敞开兴致做想做的事情，满足兴趣。唐 曹松《南海陪郑司空游荔园》诗云："荔枝时节出旌斿，南国名园尽兴游。"异乡，异国他乡。鲁迅《集外集拾遗·〈哀范君〉其二》诗云："海草国门碧，多年老异乡。"羁旅，指长久寄居异乡。宋 陆游《六言·其四》诗云："壮岁京华羁旅，暮年湖海清狂。"终时，结束时。宋 陆游《初夏闲居》诗云："熏衣过後篝炉冷，展卷终时嬾架横。"平水韵上平四支。此诗 2019 年 3 月 11 日作于香港。

那天上午从温哥华飞往香港，登机前我口占了一首五言古风以记录当时心情。抵港后觉得还是将其改为一首七绝更好，于是就有了这首诗。

第二十章　山乡忆旧

旧事何评

人生似水逝如斯，好在迄今志未移。
为问何从评旧事？蹉跎可叹少年时。

注：如斯，像这或像这样。宋 陈亮《水调歌头•和吴允成游灵洞韵》诗云："世事如斯去，不去为谁留。"为问，请问、借问。宋 周邦彦《六丑•落花》词云："一去无迹。为问花何在，夜来风雨，葬楚宫倾国。"旧事，以往的事、从前的事。唐 白居易《得湖州崔十八使君书喜与杭越邻郡因成长句代贺兼寄微之》诗云："故情欢喜开书后，旧事思量在眼前。"平水韵上平四支。此诗2018年1月10日作于温哥华。

我写《知青杂记》系列文章也是为纪念知情时代，因为知青是我少年时代的一段不可忘却的人生经历。

山乡旧事

山乡旧事渐难寻，曾作知青问古今。
昔日韶华消散去，老时方解少年心。

注：问古今，典出宋 周密《乳燕飞·山》一词："问古今、几度斜阳，几番回首。"韶华，意美好的年华，指青少年时期。宋 秦观《江城子·西城杨柳弄春柔》词云："韶华不为少年留。恨悠悠。几时休。"平水韵下平十二侵。此诗 2018 年 11 月 29 日作于温哥华。

《石岭读书》一文挂出后，这个描述我的知青生活的 8 集系列文章《知青杂记》也就暂告一个段落了。本来我还想再写几集，如"知青医生"及"山乡鬼神"什么的，但因杂事较多，精力难以集中，曾几度想写，有的甚至已经开了头，但最后又搁笔作罢了。也许以后我会继续写下去的，如果读者喜欢的话。

我年轻时虽对很多事情自有看法，但实际上并不甚明白，且大多是一种纯粹个人的思想混沌，几十年之后的今天再回顾以往，认识当然深刻得多。于是便写了这首绝句，作为《知青杂记》系列文章的一个小结吧。

一曲长歌

漂泊山乡嗟少年，知青往事渐如烟。
而今白首勤甄录，一曲长歌启后贤。

注：嗟，叹息。唐 李白《梦游天姥吟留别》诗云：“忽魂悸以魄动，恍惊起而长嗟。”白首，白发，表示年老。唐 韦庄《与东吴生相遇》诗云：“十年身事各如萍，白首相逢泪满缨。”甄录，甄别录用，犹选录。《四库全书总目•序》曰：“近甄録其近雅驯者，以广见闻。”长歌，字面意思是篇幅较长的诗歌，但也可以理解为一段历史或一段往事。明 宋登春《江阁晚望呈荆州公》诗云：“黄金已尽还为客，湘汉长歌万古情。”后贤，后世贤人。这里指后世一代具有自由思想、独立精神的人。平水韵下平一先。此诗 2018 年 12 月 3 日作于温哥华。

拙作《知青杂记》8 集系列文章自 2017 年年底公开发表以来，多次被转载，且读者甚众，好评如潮。于是我特作此诗以记之。

入神

少逐山乡历露尘，晚从著述慰当身。
胡风吹得诗情老，一片彤云竟入神。

注：露尘，雨露与风尘。喻指艰难的世途。明 高启《答陈校书客怀》诗云："游远荒家业，交疎困露尘。"当身，指自身、本人。唐 李白《杂曲歌辞•少年行三首•其三》诗云："遮莫姻亲连帝城，不如当身自簪缨。看取富贵眼前者，何用悠悠身后名。"

胡风，北风。南北朝 庾信《昭君辞应诏》诗云："胡风入骨冷，夜月照心明。"诗情，诗词的内容以及诗人注入诗词的情感。唐 白居易《咏怀》诗云："白发满头归得也，诗情酒兴渐阑珊。" 宋 葛长庚《兰陵王•一溪碧》词云："掀髯一笑，诗情酒思正豪逸。"

彤云，这里指彩云、红云。《文选•孙绰"游天台山赋"》曰："彤云斐亹以翼棂，皦日炯晃於绮疏。"吕向 注："彤云，彩云也。斐亹，文色貌。"（斐亹，音匪委，文采绚丽貌。）入神，陷入沉思。唐 齐己《还族弟卷》诗云："岂要私相许，君诗自入神。风骚何句出，瀑布一联新。"平水韵上平十一真。此诗2018年12月10日作于温哥华。

他乡此景

冷雨温阳雪化迟，橡枫摇动露芽枝。
他乡此景何曾有？恍惚如回石岭时。

注：橡枫，指橡树和枫树。大别山里有很多橡树和枫树，秋天树叶或红或黄，冬天则叶落归根。平水韵上平四支。此诗 2018 年 1 月 11 日作于温哥华。

那天我到附近一个公园去散步。最近一段时间，温哥华或雪或雨，很少有晴天。好在那天阳光灿烂，让散步的我心情很是舒畅。然而，不知为何，恍惚间我忽然觉得这些青松衬托着落了叶的橡树和枫树的场景有点像我当年插队时位于岳西白帽高高山上的石岭村之景，于是我就写了这首诗。

庐州晚日

庐州晚日落霞呈，老友相逢感慨生。
席上追思年少事，犹闻石岭读书声。

注：庐州，合肥别称。落霞，晚霞。南朝 梁 简文帝《登城》诗云："落霞乍续断，晚浪时回复。"呈，露出、显现。《广韵》曰："呈，显也。"感慨，感触、感叹。唐 殷尧藩《端午日》诗云："少年佳节倍多情，老去谁知感慨生。"

席上，指筵席之上。唐 方干《江南闻新曲》诗云："席上新声花下杯，一声声被拍声催。"追思，回想。追思年少事，指回想青少年时代。宋 黄庭坚《蓦山溪•春晴》词云："追思年少，走马寻芳伴。"犹闻，似乎听到。唐 萧颖士《早春过七岭，寄题硖石裴丞厅壁》诗云："槐阴永未合，泉声细犹闻。" 石岭，指我当年作为知青插队的岳西县白帽公社石岭生产队。平水韵下平八庚。此诗 2019 年 5 月 3 日作于合肥。

我曾发表《石岭读书》一文，文中记述了当年合肥一中老三届知青在石岭山上劳作之余刻苦读书的故事。此文后被一位老学长艾忍荐于《江淮文史》杂志并正式刊发。那晚我应学长邓石如相邀而聚，谈及此事，赋此诗以记之也。

第二十一章　自牧

自嘲

老了心平自率真，总期养性以修身。
须知镜里酡颜客，正是尘中方外人。

注：修身养性，指通过锻炼身体和自我反省尽量使身心达到完美的境界。元 无名氏《博望烧屯》曲第一折云：“贫道本是南阳一耕夫，岂管尘世之事 只可修身养性，贫道去不的也。”酡颜，醉酒后脸红的样子。宋 曾觌《鹧鸪天·故乡寒食醉酡颜》词中云：“故乡寒食醉酡颜。秋千彩索眩斓斑。”尘中，红尘之中。唐 刘禹锡《八月十五夜桃源玩月》诗云：“尘中见月心亦闲，况是清秋仙府间。”方外，世俗之外，偏远之地。这里指后者。唐 权德舆《奉和太府韦卿阁老左藏库中假山之作》诗云：“都内今朝似方外，仍传丽曲寄云台。”平水韵上平十一真。此诗 2018 年 11 月 13 日作于温哥华。

人有时是需要自嘲一下的，至少可以缓解一下压力。有人还将自嘲看作幽默的最高境界。不过我并没有想那么多，只是将常自诩方外之人的自己不那么修身养性的一面——因苦闷而自斟自酌后的酒态给写出来了而已。

烟色隐前途

如今人老有何图？碧树逢霜叶半无。
寒雨未停天又暮，苍茫烟色隐前途。

注：碧树，绿色的树木。唐 杜甫《锦树行》诗云：“霜凋碧树作锦树，万壑东逝无停留。”寒雨，寒冷的雨水。唐 王昌龄《芙蓉楼送辛渐》诗云：“寒雨连江夜入吴，平明送客楚山孤。”隐，不显露。《说文》曰：“隐，蔽也。”前途，前方路途，亦可喻未来的光景。唐 姚合《答韩湘》诗云：“三十登高科，前涂浩难测。”魏晋 陶渊明《杂诗其五》诗云：“前途当几许，未知止泊处。”平水韵上平七虞。此诗 2018 年 11 月 21 日作于温哥华。

可以说，诗人写景，很多时候也就是在写人或写事，或者在其描写的景色中寄托了诗人观景时油然而生的某种微妙的感情。不过我以诗词写景时一般都是如实描述，不喜欢凭空想象或借用俗套，然而感情也许就在其中了。

人生四季

曾是红花映绿波，如今衰柳对枯荷。
人生四季冬为老，无愧何妨白发多。

注：红花，红色的花，泛指花。唐 刘禹锡《竹枝词·山桃红花满上头》诗云："山桃红花满上头，蜀江春水拍山流。"绿波，碧水，多指春秋天的水。宋 吴文英《菩萨蛮·绿波碧草长堤色》词云："绿波碧草长堤色。东风不管春狼藉。"衰柳，秋冬之际叶老欲落的柳树，常喻指年老之人。唐 元稹《代曲江老人百韵（年十六时作）》诗云："晚岁多衰柳，先秋愧大椿。眼前年少客，无复昔时人。"无愧，没有什么惭愧之处。宋 岳珂《浩歌行·浩然一气古到今》诗云："浩然一气古到今，古人无愧惟此心。"平水韵下平五歌。此诗 2019 年 11 月 7 日作于合肥。

人生四季这个概念最早是英国诗人约翰·济慈在其所作的一首题为《人生的四季》的诗歌中提出的。他将人的心灵或精神状态而不是人的一生分为春夏秋冬四个季节予以歌咏。其实，人的一生也可以很形象地分为四个季节，即童年、青年、壮年和老年，分别对应春、夏、秋、冬四个季节。如果说七十为老，那么就意味着人生的冬天到了。明天立冬，赋此诗以记之。

动情

年少时分好远行，书生性气自高明。
老来常在他乡住，欲解忧思却动情。

注：远行，去遥远的地方。宋 苏洵《游嘉州龙岩》诗云："佳境日已去，何时休远行。"性气，性格脾气或志气。宋 朱熹在《总论为学之方》曰："不带性气底人，为僧不成，为道不了。"高明，指聪明智慧、见解高超，也指秉性高亢明爽。这里指后者。《后汉书·王龚传》曰："（陈）蕃性气高明，初到，龚不即召见之，乃留记谢病去。"

忧思，忧愁的思绪。唐 李白《梁园吟》诗云："平台为客忧思多，对酒遂作梁园歌。"动情，触动感情。南唐 李中《送人南游》诗云："浪迹天涯去，南荒必动情。"平水韵下平八庚。此诗 2018 年 12 月 20 日作于温哥华。

曹操说，何以解忧，唯有杜康。于他而言，这种方式也许有效，但于我却不行。回想一下，除了青年时代偶尔的一两次，我似乎还未曾有过以酒解忧的先例，何况我的忧思多关故国而非个人的。我一般都以写诗或写文章的方式来表达和排解自己的忧思。没想到的是，写着写着，我也就动了感情。可这是没有办法的事啊！

白首怀来

虽叹韶华去不回，我今白首却怀来。
人生有趣多憧憬，原是真情孰可裁？

注：韶华，美好的年华，指青年时期。宋 秦观《江城子·西城杨柳弄春柔》词云："韶华不为少年留。恨悠悠，几时休。"怀来，思念未来。明 陈束《伏日構溪上疏乞休》诗云："感往情弥吝，怀来节易摧。"

有趣，有兴趣，有趣味。宋 梅尧臣《依韵和达观师山中见寄》诗云："今来闭户自有趣，世上沄沄非我为。"憧憬，对某种事物的期待与向往。《说文》曰："憧，意不定也。从心，童声。"又曰："憬，觉悟也。从心，景声。诗曰：憬彼淮夷。"

真情，真实的感情。宋 陆游《临江仙·离果州作》词云："只道真情易写，那知怨句难工。水流云散各西东。"裁，控制、抑止。唐 张祜《送沈下贤谪尉南康》诗云："莫怪南康远，相思不可裁。"平水韵上平十灰。此诗 2018 年 12 月 23 日作于温哥华。

改诗

原本无心校短长，却因字句费周章。
天寒雨歇云兴处，伫听鸿声望晓阳。

注：校，查对、订正或比较。典出金 元好问《论诗三十首•其三十》诗云："老来留得诗千首，却被何人校短长？"周章，这里指迟疑不决。唐 柳宗元《佩韦赋》曰："晞往躅而周章兮，懵倚伏其无垠。"

云兴，云起。宋 陆游《舟中》诗云："云兴山叠见，海近地势坼。"伫听，凝神倾听。宋 周邦彦《关河令•秋阴时晴渐向暝》词云："伫听寒声，云深无雁影。"鸿声，鸿雁的鸣叫声。唐 武元衡《长安秋夜怀陈京昆季》诗云："萤影疏帘外，鸿声暗雨中。"平水韵下平七阳。此诗 2018 年 12 月 24 日作于温哥华。

我的一首押平水韵上平十灰韵的诗发表后，有读者批评其诗句不通顺，也有读者建议修订个别字词。我原本并不在意，因为平水韵该韵部字的韵母多样，较易引发歧义，后仔细想想，修订一下也许不错，虽然味道会稍有变化。这首诗就记录了我修订那首诗时的心境以及修订后的情形。

微言著述

既已从研愿始终，微言著述意无穷。
十年寂寞为农政，换得文章屡不终。

注：从研，从事研究工作之简称。微言，隐微而精深之言辞。晋 葛洪《抱朴子•勖学》曰：“故能究览道奥，穷测微言，观万古如同日，知八荒若户庭。”这里也有人微言轻之意也。意无穷，典出宋 严羽《沧浪诗话•诗辨》曰：“盛唐诸人惟在兴趣，羚羊挂角，无迹可求。故其妙处，透彻玲珑，不可凑泊。如空中之音，相中之色，水中之月，镜中之象，言有尽而意无穷。”

寂寞，冷清、孤单。三国 魏 曹植《杂诗•其四》诗云：“闲房何寂寞，绿草被阶庭。”农政，指有关农业的政策、法令和制度等。不终，指没有结果，有始无终。《东周列国志》第一百零六回：“李牧叹曰：‘吾尝恨乐毅、廉颇为赵将不终，不意今日乃及自己！’”愿终却不终。最后一句比喻文章难以发表或发表后又往往找不到了。平水韵上平一东。此诗2018年10月24日作于温哥华。

秋深起夕霏

叶落秋深起夕霏，客行万里也怀归。
人间多少不平事，岂可无人论是非？

注：夕霏，傍晚的雾霭。南北朝 谢灵运《石壁精舍还湖中作》诗云："林壑敛暝色，云霞收夕霏。"怀归，思归故里。《诗经•小雅•小明》云："念彼共人，兴言出宿。岂不怀归？畏此反覆。"

不平，不公平、不公正（人或事）。唐 司空图《冯燕歌》诗云："未死劝君莫浪言，临危不顾始知难。已为不平能割爱，更将身命救深冤。"是非，指事理的对于错。《礼记•曲礼上》曰："夫礼者，所以定亲疏，决嫌疑，别同异，明是非也。"平水韵上平五微。此诗2018年10月24日作于温哥华。

近来多自愧

暂居方外问修行，世事何曾已洞明？
心下近来多自愧，更堪笔力逊豪情。

注：方外，域外，边远地区。《管子•幼官》曰：“和好不基，贵贱无司，事变日至，此居于图东方方外。”修行，修养德行。宋 苏辙《赠史文通奉议二首•其一》诗云：“君时共还往，我欲问修行。”洞明，透彻地了解。“洞明世事”则出自古典名著《红楼梦》中的一副对联，即“世事洞明皆学问，人情练达即文章。”其意思是可以看明白世间各种事情。

自愧，自感惭愧。唐 元稹《台中鞫狱忆开元观旧事呈损之兼赠周兄四十韵》诗云：“道心常自愧，柔发难久黳。”更堪，哪里还能忍受得了。唐 卢纶《晚次鄂州》诗云：“旧业已随征战尽，更堪江上鼓鼙声。”笔力，文章、字画在笔法上表现出来的气势和力量，也表示写作能力。宋 郑刚中《寒食》诗云：“欣然应接已无暇，都为老来无笔力。”平水韵下平八庚。此诗2019年1月30日作于温哥华。

澹然四顾

北山远在朔云中，初日东升不尽同。
飞雁向南成一字，澹然四顾起西风。

注：北山，温哥华市北部的山。朔云，北方的云气。唐 宋璟《奉和圣制送张说巡边》诗云：“德风边草偃，胜气朔云平。”初日，刚升起的太阳。南朝 梁 何逊《晓发》诗云：“早霞丽初日，清风消薄雾。”澹然，安静恬淡貌。唐 李白《春日独酌二首·其二》诗云：“且对一壶酒，澹然万事闲。”平水韵上平一东。此诗 2018 年 11 月 25 日作于温哥华。

这首诗的特点是每句诗都分别使用了一个方向字：“北、东、南、西。”开始时我并没有想到这一点，写完第三句时突然发现前三句各自用了“北、东、南”三个方向字。于是，最后一句我也就自然而然使用了“西”字。我不知古诗中有没有类似的写法，但我既然写出来了，那就请各位读者评点吧。

病身

月明窗外卧中宵，屋顶风寒雪未消。
一曲春歌轻入耳，病身暂忘始逍遥。

注：中宵，半夜。当日是农历正月初十四，半夜时分月亮又大又圆，所以有“月明窗外”一说。唐 朱庆余《和刘补阙秋园寓兴之什十首·其四》诗云：“几见中宵月，清光坠树梢。”

春歌，春天的歌曲，也指情歌。五代 李珣《酒泉子·雨渍花零》词云：“别情遥，春歌断，掩银屏。”病身，有病之身。唐 张籍《感春》诗云：“远客悠悠任病身，谢家池上又逢春。”逍遥，没有约束，自由自在。宋 苏轼《寄净慈本长老》诗云：“何时杖策相随去，任性逍遥不学禅。”平水韵下平二萧。此诗 2019 年 2 月 19 日作于温哥华。

那些天我的老毛病腰椎疼又一次发作了，左腿疼痛得难以站立和移步，甚至影响了睡眠，只好整天躺在硬板床上看手机、听音乐。今天好了不少，也可以缓慢走动了，很高兴，即赋此诗。

诗兴

客居异域几经年，还返家乡作什篇。
莫问何因诗兴起，春花三月尽争妍。

注：客居，旅居，在外居住。宋 陆游《游昭牛图》诗云："客居京口老益困，衣不揜胫须眉苍。"异域，他乡、外地，这里指温哥华。宋 王之道《秋兴八首追和杜老》诗云："异域故人今在否，青灯牢落夜相思。"经年，经过一年。唐 宋之问《登禅定寺阁》诗云："东京杨柳陌，少别已经年。"什篇，《诗经》的"雅"和"颂"以十篇为一什，所以诗章又称"什篇"或"篇什"。南朝 梁 刘勰《文心雕龙•情采》曰："昔诗人什篇，为情而造文；辞人赋颂，为文而造情。"

莫问，不要问。宋 杨万里《过百家渡四绝句•其二》诗云："莫问早行奇绝处，四方八面野香来。"何因，什么缘故，为什么。唐 韦应物《淮上喜会梁川故人》诗云："何因北归去，淮上对秋山。"春花，春天的花。南朝 宋鲍照《中兴歌•其七》诗云："九月秋水清，三月春花滋。"平水韵下平一先。此诗 2019 年 3 月 27 日作于合肥。

从温哥华回国已半月，虽杂事纷纭，我仍作七绝 10 余首，大多吟咏家乡春光明媚，然而真正触发我的诗兴的还是回乡本身。

自贺

体用天然意境丰，嗜吟绝句以推穷。
如今斟酌虽辛苦，好在终成复古风。

注：自贺，自我祝贺。宋代诗人陆游曾作过一首题为《自贺》的七律。这里借用之。体用，中国古代哲学的一对范畴。体，指世界的本原；用，指体的表现和产物。这里喻指外在于诗人的景（物像）及诗人因此而产生和抒发的情（情感）。天然，自然生成的，也指事物不加修饰的本色。唐 李白《经乱离后天恩流夜郎忆旧游书怀赠江夏韦太守良宰》诗云："清水出芙蓉，天然去雕饰。"意境，指文艺作品或自然景象中所表现出来的情调和境界。明 朱承爵《存余堂诗话》曰："作诗之妙，全在意境融彻，出音声之外，乃得真味。"丰，丰富、丰盛。《广韵》曰："丰，茂也，盛也。"

嗜，特别爱好。《说文》曰："嗜，嗜欲，喜之也。"推穷，推研穷究。宋 萧廷之《西江月•药产西南坤地》词云："学人著意细推穷。妙绝无过真种。"斟酌，思忖、思量。唐 杜甫《月》诗云："斟酌姮娥寡，天寒耐九秋。"仇兆鳌注："斟酌，代为思忖也。"复古，指恢复古代的制度、风尚、观念等。"复古风"一词喻指重现唐宋之风。平水韵上平一东。此诗 2018 年 12 月 27 日作于温哥华。

第二十二章 感怀

老境

人生歧路各西东，往事难猜也不同。
年少不知何谓老，如今已是白头翁。

注：老境，老年时期。《礼记•曲礼上》曰：“七十曰老，而传。”唐 孔颖达疏：“七十曰老而传者，六十至老境而未全老，七十其老已至，故言老也。”宋 陆游《检旧诗偶见在蜀日江渎池醉归之篇怅然有感》诗云：“老境渐侵欢意尽，旧游欲说故人稀。”

歧路，从大路上分出来的小路、岔路。三国 魏 曹植《美女篇》诗云：“美女妖且闲，采桑歧路间。”唐 王勃《送杜少府之任蜀州》诗云：“无为在歧路，儿女共沾巾。”往事难猜，典出宋 秦观《满庭芳•碧水惊秋》词云：“增怅望，新欢易失，往事难猜。”白头翁，指头发白了的老人。宋 张九成《次施彦执韵》诗云：“他日樽前如把臂，莫惊我已白头翁。”平水韵上平一东。此诗 2018 年 11 月 8 日作于温哥华。

又现云光

又现云光久雨疲，终归要到凛秋时。
国中杼柚空何处？豪气官人恐未知。

注：云光，云层之间的阳光。唐 杜牧《商山麻涧》诗云："云光岚彩四面合，柔柔垂柳十余家。"凛秋，寒冷的秋天。《楚辞·九辩》曰："皇天平分四时兮，窃独悲此凛秋。"

杼柚，指织布机上的两个原件，即梭与筘，这里代指经纬织机。杼柚空虚，是形容生产废弛，贫无所有。《诗经·小雅·大东》曰："小东大东，杼柚其空。"汉 扬雄《法言·先知》："田亩荒、杼柚空之谓斁。"豪气，豪迈的气概。唐 李白《答王十二寒夜独酌有怀》诗云："君不见李北海，英风豪气今何在？"平水韵上平四支。此诗 2018 年 9 月 2 日作于深圳。

连续下了几天暴雨的深圳天空终于露出了阳光。秋天已到，白露成霜。或许这是一个凛秋，一个让人心悸的秋天吧。

感秋

蒹葭萧瑟映穹苍，栾树花开一片黄。
落日流云临碧水，秋风吹老芰荷裳。

注：蒹葭，芦苇。先秦 无名氏《蒹葭》诗云："蒹葭苍苍，白露为霜。所谓伊人，在水一方。"萧瑟，形容环境冷清、凄凉。唐•杜甫《北征》诗云："靡靡逾阡陌，人烟眇萧瑟。"穹苍，苍天。唐 孟郊《感怀》诗云："含酸望松柏，仰面诉穹苍。"栾树，一种秋天开黄花的树。元 张可久《满庭芳•碧山丹房闲》词云："碧檀栾树倚苍云。吹箫韵，观棋夜分，沈水暖梅魂。"

芰荷，荷花与荷叶。唐 罗隐《宿荆州江陵驿》诗："风动芰荷香四散，月明楼阁影相侵。"芰荷裳，荷叶做的衣裳，也喻指隐逸者的服装或隐者。宋 林尚仁《访隐者》诗云："何日此身分半隐，归须先制芰荷裳。"平水韵下平七阳。此诗 2019 年 9 月 20 日作于合肥蜀峰湾。

秋分将至，天气转凉，草木凋黄，一派萧瑟气象。人在此时多会产生一种悲凉的感觉，是谓感秋。陆游曾写过 5 首题为《感秋》的诗。而我这仅是第一首。

荣枯之间

秋风如剪夕阳斜，可叹荣枯仅隔纱。
昨日葱茏今解落，路人惊起一梢鸦。

注：人们都知道唐代诗人贺知章的名句：“二月春风似剪刀”。其实秋风才是真正的剪刀。荣枯，草木繁盛与枯萎，也隐喻人世的盛与衰以及人的达与穷。比如，唐 温庭筠《题端正树》诗云：“草木荣枯似人事，绿阴寂寞 汉 陵秋。”而唐 刘禹锡的《酬乐天偶题酒瓮见寄》诗则云：“从君勇断抛名后，世路荣枯见几回。”

葱茏，茂密繁盛貌。明 唐寅《题画十首•其一》诗云：“山意葱茏酿早寒，数家茅屋是渔滩。”解落，凋谢零落，同谢落。唐 李峤《风》诗云：“解落三秋叶，能开二月花。”一梢，树上一根枝条。南唐冯延巳《浣溪沙•春到青门柳色黄》词云：“春到青门柳色黄，一梢红杏出低墙，莺窗人起未梳妆。”宋 杨万里《枇杷》诗：“大叶耸长耳，一梢堪满盘。” 平水韵下平六麻。此诗2018年10月31日作于温哥华。

读东晋鲍敬言《无君论》有感

东西尘世俱纷纭，左右居然散族群。
自古春秋任褒贬，须知天下久无君。

注：居然，多义，这里指竟然、出乎意料。唐 裴度《雪中讶诸公不相访》诗云：“满空乱雪花相似，何事居然无赏心？”春秋，这里指孔子修订的鲁国史记《春秋》。此书对历史人物和事件常寓褒贬而不直言，这种写法称为“春秋笔法”。最后一句脱胎于唐 陈子昂《感遇诗三十八首·其十》诗云：“七雄方龙斗，天下久无君。浮荣不足贵，遵养晦时文。”平水韵上平十二文。此诗2018年10月14日作于温哥华。

东晋思想家鲍敬言的《无君论》是一本奇书，后失传。但在葛洪《抱朴子》的《诘鲍篇》中却保留了不少《无君论》的内容。比如，人在社会上天然平等，“本无尊卑也”，但由于“君臣既立”，社会便产生了不平等，“有司设则百姓困，奉上厚则下民贫”。此书还将君主及其贪官污吏视作“獭鹰”，说“獭多则鱼扰，鹰众则鸟乱”。这种无君思想在中国古代社会独树一帜，对后世有重要影响。

穷冬啸歌

莫道穷冬苦日多，时艰其奈贵门何？
一番风雨行将至，唯虑苍生独啸歌。

注：穷冬，隆冬、深冬或冬季统称。唐 韩愈《重云李观疾赠之》诗云："穷冬百草死，幽桂乃芬芳。"其奈，怎奈、无奈。唐 刘禹锡《遥和韩睦州元相公二君子》诗云："其奈无成空老去，每临明镜若为情。"时艰，时局的艰难。唐 刘长卿《寄万州崔使君（令钦）》诗云："时艰方用武，儒者任浮沉。"贵门，贵族豪门。明 张居正《葬地论》曰："今江右之区，贵门世族，踵相接也。"

风雨，这里喻危难和恶劣的处境。苍生，百姓、国人。《文选•史岑〈出师颂〉》曰："苍生更始，朔风变律。"刘良 注："苍生，百姓也。"唐 卢仝《走笔谢孟谏议寄新茶》诗云："山上群仙司下土，地位清高隔风雨。安得知百万亿苍生命，堕在巅崖受辛苦。"虑，思考、担忧。《说文》曰："虑，谋思也。"啸歌，长啸吟行。宋•陆游《夏日感旧》诗云："啸歌雨笠烟蓑底，来往山村县郭间。"平水韵下平五歌。此诗 2018 年 12 月 16 日作于温哥华。

何者为彭殇

湖山一片老秋光，落叶凋零实感伤。
急景流年诚可叹，人生何者为彭殇？

注：湖山，湖水与山峦。唐 元稹《酬郑从事四年九月宴望海亭》诗云：“湖山四面争气色，旷望不与人间同。”秋光，秋天的风光。宋 柳永《诉衷情近•雨晴气爽》词云：“暮云过了，秋光老尽，故人千里。竟日空凝睇。”凋零，凋谢零落，指衰败、不振，常用来喻老年人的死亡离散。唐 白居易《代梦得吟》诗云：“后来变化三分贵，同辈凋零太半无。”

急景流年，形容光阴易逝。宋 晏殊《蝶恋花》词云：“急景流年都一瞬。往事前欢，未免萦方寸。”彭殇，彭，指传说中的长寿者彭祖；殇，夭亡。这里喻指长寿或夭折。“人生何者为彭殇”一句典出唐 杜牧《郡斋独酌》一诗：“人生落其内，何者为彭殇？”平水韵下平七阳。此诗 2019 年 9 月 22 日作于合肥。

昨天下午忽闻一位中学老同学因病不幸辞世，甚感悲伤，后外出散步时看到蜀峰湾逐渐老去的秋光，我又想起杜牧的那句诗，心下凄然，就吟哦了这首诗。

闲数墨痕

霏雨成天懒出门，酒余睡足已黄昏。
隔窗树色风中暗，来伴闲人数墨痕。

注：霏雨，小雨。宋 赵彦端《诉衷情•雨中会饮赏梅，烧烛花杪》词云：“洗妆傲舞傍清尊。霏雨淡黄昏。”出门，外出。唐 白居易《秦中吟十首•伤友》诗云：“陋巷孤寒士，出门苦恓恓。”酒余，酒后。宋 苏轼《臂痛谒告作三绝句示四君子》诗云：“公退清闲如致仕，酒余欢适似还乡。”睡足，睡了一个好觉。明 罗贯中《大梦谁先觉》诗云：“草堂春睡足，窗外日迟迟。”

树色，树木的景色。唐 卢纶《与从弟瑾同下第后出关言别》诗云：“孤村树色昏残雨，远寺钟声带夕阳。”闲人，清闲无事之人。宋 陆游《春雨》诗云：“闭门非为老，半世是闲人。”墨痕，墨的痕迹，也指诗文字画。数墨痕喻指整理文稿和作品。唐 唐彦谦《闻应德茂先离棠溪》诗云：“苜蓿穷诗味，芭蕉醉墨痕。”平水韵上平十三元。此诗 2019 年 7 月 12 日晚作于合肥。

那天下了一天雨，我没有出门，在家睡了一个好觉。傍晚时分，我整理以往的众多书稿旧文，想到它们难以出版，只好做一个闲人。感慨之余，赋此诗以记之。

感时心绪

忽然飘雪忽然晴，羁客不堪故国情。
纵酒非为寻自醉，感时心绪亦难平。

注：羁客，旅客、旅人。宋 王安石《次韵再游城西李园》诗云：“残红已落香犹在，羁客多伤涕自挥。”不堪，忍受不了。唐 顾非熊《长安清明言怀》诗云：“春色来年谁是主，不堪憔悴更无成。”故国，故乡、祖国。唐 司空图《华下》诗云：“故国春归未有涯，小栏高槛别人家。”

纵酒，开怀畅饮。唐 杜甫《闻官军收河南河北》诗云：“白日放歌须纵酒，青春作伴好还乡。”感时，指感慨时序的变迁或时势的变化。唐 杜甫《春望》诗也云：“感时花溅泪，恨别鸟惊心。”心绪，心情、心思。此诗最后一句脱胎于南唐 李煜《九月十日偶书》一诗：“晚雨秋阴酒乍醒，感时心绪杳难平。” 平水韵下平八庚。此诗 2019 年 3 月 8 日作于温哥华。

那天上午温哥华下了一场骤雪，雪落地即化，没过多久天空居然又出了太阳。目睹这忽雪忽晴的天气，思乡之情陡然而生，就写了这首诗。

求道休迟

日暮林中望远楼，月明柳岸照汀州。
春光容易催人老，求道休迟任白头。

注：日暮，太阳落山的时候，傍晚。唐 杜牧《金谷园》诗云：“日暮东风怨啼鸟，落花犹似堕楼人。”远楼，远处的楼宇。唐 鱼玄机《赋得江边柳》诗云：“翠色连荒岸，烟姿入远楼。”月明，月光明朗。唐 白居易《崔十八新池》诗云：“见底月明夜，无波风定时。”汀州，水中小洲。唐 李群玉《岳阳春晚》诗云：“所嗟芳桂晚，寂寞对汀洲。”

春光，春天的景色与风光。此句借用了宋 赵友直《释闷》一诗中的诗句：“春光容易催人老，莫把污名玷此生。”求道，多义，这里指探寻道路、追求真理。明 高启《岁暮》诗云：“已嗟求道晚，复省济时难。”休迟，不要拖延。宋 辛弃疾《行香子·归去来兮》词云：“归去来兮。行乐休迟。命由天、富贵何时。百年光景，七十者稀。”任，听凭，由着。宋 苏轼《好事近·湖上》词云：“独棹小舟归去，任烟波飘兀。”白头，白发，形容年老。明 唐寅《无题》诗云：“人生在世数蜉蝣，转眼乌头换白头。”求道不可因人老而嫌其晚，尤其是在时下。平水韵下平十一尤。此诗 2019 年 3 月 21 日作于深圳。

春慵

窗前看雨欲从容，伏案编书兴未浓。
总觉心烦偷对镜，方知脸上满春慵。

注：从容，悠闲舒缓的样子。唐 白居易《霓裳羽衣歌（和微之）》诗云："如君所言诚有是，君试从容听我语。"伏案，趴在桌子上。宋 孔平仲《孔氏谈苑》卷一曰："子由以面伏案，不忍读也。"编书，撰述编辑书稿。唐 皮日休《正乐府十篇•贱贡士》诗云："叹息几编书，时哉又何异。"春慵，春天的懒散情绪。五代 刘兼《昼寝》诗云："花落青苔锦数重，书淫不觉避春慵。"宋 范成大也有《眼儿媚•酣酣日脚紫烟浮》词云："春慵恰似春塘水，一片縠纹愁。"平水韵上平二冬。此诗 2019 年 4 月 21 日作于合肥。

这几天我都没有睡好觉，加上春困，整天懒洋洋的。今天下雨，本来是伏案作文字工作的好时光，可惜春慵一发，懒劲上来，精力就难以集中了。没办法，我便吟哦了这首诗自我调侃一下吧。

世事如棋

绿荷摇荡藕花红，白鹭惊飞趁夏风。
寂坐桐阴思绪远，如棋世事自无穷。

注：绿荷，绿色的荷叶。唐 李绅《新楼诗二十首•重台莲》诗云："绿荷舒卷凉风晓，红萼开萦紫菂重。"藕花，荷花别称。宋 赵长卿《鹧鸪天•夜钓月桥赏荷花》词云："新晴水暖藕花红。烘人暑意晚来浓。"惊飞，受惊而飞。宋 戴复古《冬日移舟入峡避风》诗云："棹入黄芦蒲，惊飞白鹭羣。"夏风，夏天和暖的风。唐 元稹《表夏十首•其一》之一诗云："夏风多暖暖，树木有繁阴。"

寂坐，静寂地坐着。唐 吕岩《渔父词一十八首•初九》诗云："大道从来属自然。空堂寂坐守机关。"桐阴，梧桐树阴。宋 许月卿六《次韵马枢密二首•其一》诗云："浊酒一杯茶一碗，坐看日影转桐阴。"如棋世事，即世事如棋，指世界上的事都像围棋一样，变化莫测。清 周希陶重订之《增广贤文》有诗云："人情似纸张张薄，世事如棋局局新。"无穷，没有穷尽和极限。唐 杜甫《九月登梓州城》诗云："兵戈与关塞，此日意无穷。" 平水韵上平一东。此诗 2019 年 6 月 6 日作于合肥。

无题

一抹青山隔故园，欲观风景畏逾垣。
奈何缄默方无恙，谁与商量听我言？

注：一抹，指一缕阳光或一片风光景色。宋 杨万里《余于沂流至安仁》诗云："半篙新涨满帆风，两岸千山一抹中。"故园，旧宅、故乡。这里指老宅院。唐 元稹《感石榴二十韵》："深抛故园里，少种贵人家。"逾垣，翻越墙头。明 李东阳《东山先生有两广之命奉寄》诗云："缩手未闲终坐巧，逾垣欲避转愁偏。"

奈何，怎么办、没办法。宋 张九成《论语绝句一百首·其一》诗云："此理寻常岂不如，奈何人不反思之。"缄默，闭口不言、沉默不语。宋 释文珦《煎茶》诗云："良恐失正味，缄默久不言。"无恙，没有疾病或灾祸。《楚辞·九辩》曰："赖皇天之厚德兮，还及君之无恙。"平水韵上平十三元。此诗 2019 年 6 月 12 日作于合肥。

无题诗是格律诗的一个类别，古人常常以"无题"为题写诗。唐代的李商隐似乎是无题诗之翘楚。我很少写无题诗，但这次想尝试一下。

把酒青山

何处人声鼎沸鸣？香江仲夏世间惊。
一时多少英雄泪，把酒青山不语情。

注：鼎沸，鼎水烧开沸腾。原比喻形势不安定，现比喻声音嘈杂。唐 高适《登百丈峰二首·其二》诗云：“四海如鼎沸，五原徒自尊。”香江，香港别称。仲夏，夏季的第二个月，即农历五月。宋 晁说之《始到无极作》诗云：“当此仲夏时，何以谢炎歊。”

英雄泪，英雄悲愤的泪水。宋 赵汝彶《多景楼》诗云：“江流千古英雄泪，山掩诸公富贵羞。”把酒，手执酒杯，意饮酒、敬酒。元 王冕《即事其二》诗云：“脱巾垂白发，把酒对青山。”青山，青绿色的山，香港屯门山也叫青山。不语情，感情尽在不语中。唐 韩愈《戏题牡丹》诗云：“陵晨并作新妆面，对客偏含不语情。”平水韵下平八庚。此诗2019年6月16日作于合肥。

第二十三章　抒情

篱边

白露无霜日影斜，难寻静寂或空华。
虽云俗尚无高趣，仍伫篱边看菊花。

注：或，惑也。空华，佛教语。也称虚空华，又作眼华、眼花。比喻本无实体，因妄见而起错觉，以为实有，于是称之为如见空华。俗尚，世俗的风尚。宋 陆游《跋花间集》之二曰：“久而自厌，然梏於俗尚，不能拔出。”高趣，高雅的志趣。唐 郑谷《次韵和王驾校书结绶见寄之什》诗云：“梦见君高趣，天凉自浇园。”伫，久立。唐 李白《菩萨蛮·平林漠漠烟如织》云：“玉阶空伫立，宿鸟归飞急。”平水韵下平六麻。此诗 2018 年 9 月 8 日白露作于深圳。

那段时间，各种杂事相纠结，如今我已渡过了一个家庭难关，家人也树立了信心，相信老天爷会保佑我们的。

闲人恣纵

香风时与鸟声来，潇洒荷花对我开。
既作闲人寻野趣，不妨恣纵放歌回。

注：香风，带有香气的风。唐 杨师道《赋终南山用风字韵应诏》诗云："登临日将晚，兰桂起香风。"时与，不（有）时与什么一起。唐 韦应物《幽居》诗云："时与道人偶，或随樵者行。"潇洒，洒脱不拘、超逸绝俗貌。唐 李白《王右军》诗云："右军本清真，潇洒出风尘。"

闲人，清闲无事之人。宋 陆游《夏初湖村杂题》诗云："自是闲人足闲趣，本无心学野僧家。"恣纵，不受拘束、放任。唐 元稹《游三寺回呈上府主严司空时因寻寺道出当阳县奉命覆视县囚牵于游行不暇详究故以诗自诮尔》诗云："谢公恣纵颠狂掾，触处闲行许自由。"放歌，放声歌唱，形容十分高兴。唐 杜甫《闻官军收河南河北》诗云："白日放歌须纵酒，青春作伴好还乡。"平水韵上平十灰。此诗 2019 年 7 月 21 日作于合肥。

古人总喜欢以闲人自居，如苏轼、白居易、欧阳修和陆游等。前三人自比闲人是因为其青壮年时被贬谪，而陆游则不同。他先后写了 7–8 首自比闲人的诗，但大多写于其 65 岁被罢官后。当然，之后 20 年他仍演绎了一段并非闲人的历史，也是难得。

西望故乡

人生如寄复何求？无尽风云纵意流。
西望故乡萧瑟景，桂香红叶两般秋。

注：寄，意寓居，暂住。人生如寄，指人的生命短促，就像暂时寄居在人世间一样。三国 魏 曹丕《善哉行·其一》诗云："人生如寄，多忧何为？今我不乐，岁月如驰。" 纵意，随心所欲。明 刘基《夏日杂兴·其二》诗云："人生纵意惟疎嬾，莫遣门多长者车。"萧瑟，指秋天那种落叶缤纷、冷清凄凉的景色。如宋玉的《楚辞·九辩》云："悲哉！秋之为气也。萧瑟兮，草木摇落而变衰。"平水韵下平十一尤。此诗2018年10月12日作于温哥华。

家乡合肥的居所叫桂花园。每年秋天，院子里各种桂花盛开，香气四溢。而现在的温哥华，此时虽然看不到一株桂花树，也闻不到任何桂花的馥香，但几乎处处都能看到霜叶如火的各种红枫。如果说前者是秋天的味道，那么后者就是秋天的颜色。仔细品味而观赏之，实乃色与香的两种截然不同之秋天也。

陌上

近来无奈忆相畴，远去闲云得自由。
陌上微风寒树静，晓天飞有啸鸣鸥。

注：相畴，彼此在一起。《国语·齐语》曰："人与人相畴，家与家相畴，世同居，少同游。"韦昭 注："畴，匹也。"闲云，悠然漂浮的云。唐 王勃《滕王阁序》诗云："闲云潭影日悠悠，物换星移几度秋。"自由，自己做主，不受限制和拘束。宋 陆游《遣兴》诗云："尽言未办常扃户，竟是吾身得自由。"

陌上，野外路上。宋 赵善扛《青玉案·春暮》词云："一年陌上寻芳意。想人在、东风里。"寒树，寒天里的常绿树。唐 韦应物《自巩洛舟行入黄河即事，寄府县僚友》诗云："寒树依微远天外，夕阳明灭乱流中。"啸鸣，清脆而悠长的鸣叫声。平水韵下平十一尤。此诗 2019 年 2 月 7 日作于温哥华。

曾有读者认为我的某些诗太直白，缺乏诗味。其实，因为诗的意境就蕴含在这些直白的文字中，就看各人如何体会了。还有，近体诗的文字非要写得那么佶屈聱牙、晦涩难懂吗？

初心未闲

欲赏荷花碧水间，一丝芳意上苍颜。
谁云白发风情少？无奈初心尚未闲。

注：芳意，多义，这里指对他人（物）情意的美称。宋 范成大《朝中措·长年心事寄林扃》词云："长年心事寄林扃。尘鬓已星星。芳意不如水远，归心欲与云平。" 苍颜，苍老的容颜。宋 陆游《忽得京书有感》诗云："白发苍颜七十翁，朽株枯木略相同。"

风情，多义，这里指怀抱和志趣。宋 陆游《春思》诗云："七十老翁身退耕，可怜未减旧风情。"无奈，没有办法、无可奈何。宋 王安石《千秋岁引·秋景》词云："无奈被些名利缚，无奈被它情耽阁。可惜风流总闲却。"初心，本意及做某件事的初衷和最初的原因。宋 陆游《杂感》诗云："志士山栖恨不深，人知已是负初心。"平水韵上平十五删。此诗 2019 年 7 月 27 日作于合肥。

初心，来源于东晋时期翻译的《华严经》。唐 华严宗四祖澄观《华严经疏》曰："初心为始，正觉为终。"宋 释印肃《颂古九十八首·其二十八》诗云："初心入处不为难，迷源逐境万重山。"看来人能记住初心是重要的，说话算话，初心未闲。

危心

夕阳西下最愁人，欲待回乡洗客尘。
不会危心停拙笔，好文撰得长精神。

注：客尘，佛教语，有做客于尘世之意，寓意人生豁达，不被烦恼所拘束。这里也有旅居他乡之意。宋 释行海《送穆上人归凤山兼简仲深》诗云："南国风烟暗客尘，凤凰山上百花春。"欲待，意打算，想要。唐 晁采《春日送夫之长安》诗云："欲待相看迟此别，只忧红日向西流。"

危心，心存戒惧。宋 杨亿《受诏修书述怀感事三十韵》诗云："危心惟觳觫，直道忍蘧蒢。"鲁迅《集外集拾遗补编·破恶声论》曰："洎夫今兹，大势复变，殊异之思，諔诡之物，渐渐入中国，志士多危心。"拙笔，对自己所作诗文的谦辞。唐 尹程《观秋水赋》曰："遂有感于《庄》篇，托微言于拙笔。"平水韵下平十一真。此诗 2019 年 3 月 1 日作于温哥华。

虽逢二月

陌上闲游总出神，荣枯也是不由人。
虽逢二月多晴日，依旧寒林未觉春。

注：陌上，东西向的小路上，也指田野、野外。宋 晏几道《鹧鸪天·陌上濛濛残絮飞》词云：“陌上濛濛残絮飞，杜鹃花里杜鹃啼。”闲游，闲逛。唐 吴融《彭门用兵后经汴路三首·其三》诗云：“曾为塞北闲游客，辽水天山未断肠。”出神，因想问题而走神、发呆。宋 唐寅《潮阳尉郑太玉梦至泉侧饮之甚甘明日得之东山》诗云：“入道肯著相，出神得佳泉。”荣枯，草木的茂盛与枯萎，也常喻人世的盛衰。唐 温庭筠《题端正树》诗云：“草木荣枯似人事，绿阴寂寞汉陵秋。”

二月，这里指农历的第二个月，即仲春。寒林，冬天的树林。宋 谢邁《菩萨蛮（陈虚中席上别李商老）》词云：“雪消新洗寒林碧。华堂向晚开瑶席。”平水韵上平十一真。此诗2019年3月6日作于温哥华。

人生达命

空蒙山色霁云浓，独步湖边倒影重。
虽是春光留不住，人生达命也从容。

注：空蒙，缥缈迷茫境界。宋 苏轼《饮湖上初晴后雨二首·其二》诗云："水光潋滟晴方好，山色空蒙雨亦奇。"霁云，雨后的云。宋 张先《芳草渡（般涉调）》词云："山明日远霁云披，溪上月，堂下水，并春晖。"独步，独自一人行走。宋 辛弃疾《朝中措·夜深残月过山房》词云："起绕中庭独步，一天星斗文章。"倒影，多义，这里指水中倒立的影子。唐 高骈《山亭夏日》诗云："绿树阴浓夏日长，楼台倒影入池塘。"

春光，春天的风光，也指岁月或青春。唐 鲍溶《秋思三首·其一》诗云："燕国有佳丽，蛾眉富春光。"达命，犹知命。《庄子·达生》曰："达命之情者，不务知之所无奈何。"其意思是说，通晓命运实情的人，不会去努力做那些明知不可为的事情。唐 王昌龄《长歌行》诗云："人生须达命，有酒且长歌。"从容，悠闲舒缓不慌张。宋 邵雍《洛阳春吟》诗云："光阴不肯略从容，九十日春还又空。"平水韵上平二冬。此诗 2019 年 4 月 29 日作于合肥。

世路荣枯

枝头榴实泛红迟，也是庭花欲尽时。
世路荣枯良友少，暮年寂寞有谁知？

注：榴实，石榴的果实。唐 李商隐《石榴》诗云：“榴枝婀娜榴实繁，榴膜轻明榴子鲜。”庭花，庭院中的花。唐 岑参《虢中酬陕西甄判官见赠》诗云：“昼吟庭花落，夜讽山月移。”欲尽，快要落光或结束了。宋 欧阳修《渔家傲·昨日采花花欲尽》词云：“昨日采花花欲尽。隔花闻道潮来近。”

世路荣枯，指世间人事的兴盛和衰败。典出唐 刘禹锡《酬乐天偶题酒瓮见寄》一诗：“从君勇断抛名后，世路荣枯见几回。”良友，益友、有才德而有助于己的朋友，也指可以结伴而行的好友。汉 无名氏《别诗四首其四》诗云：“良友远别离，各在天一方。”暮年，晚年、老年。宋 邵棠《湖山把菊》诗云：“少时欢笑已无缘，只有清闲守暮年。”平水韵上平四支。此诗2019年7月26日作于合肥桂花园。

草木荣枯本是自然现象，却经常被人拿来比喻人事或世路。唐 温庭筠《题端正树》诗云：“草木荣枯似人事，绿阴寂寞汉陵秋。”细读这些诗，于我心有戚戚焉。

溪头

溪头碧水静依然，间有游鱼戏白莲。
纵使欲生惆怅意，也应不在小池边。

注：溪头，溪边。宋 刘子翚《有怀》诗云："徜徉孰为伴，惟有溪头风。"依然，和以前一样，依旧。唐 曹唐《刘阮再到天台不复见仙子》诗云："桃花流水依然在，不见当时劝酒人。"白莲，白色的莲花。唐 白居易《与元微之书》曰："红榴白莲，罗生池砌。"

纵使，即使。唐 李商隐《春日寄怀》诗云："纵使有花兼有月，可堪无酒又无人。"惆怅，因失望而忧伤或懊恼。唐 李白《赠崔秋浦三首·其一》诗云："怀君未忍去，惆怅意无穷。"平水韵下平一先。此诗 2019 年 5 月 10 日作于合肥。

3 年前，我曾填过一阕西江月词《咏书房》，其下阕云："方寸之心在我，百年际会沧桑。吟诗作画著文章，总道人间惆怅。"我的第一本诗集书名《总道人间惆怅》也采用了这阕词的最后一句。显然，这里的惆怅来自家国之事而非儿女情长。

清香难寻

多日晴曛绿树阴，忽如一霎雨斜侵。
榴花落地红依旧，唯有清香不可寻。

注：晴曛，日光照射。唐 杜甫《宣政殿退朝晚出左掖》诗云："天门日射黄金榜，春殿晴曛赤羽旗。"忽如，忽然。唐 岑参《白雪歌送武判官归京》诗云："忽如一夜春风来，千树万树梨花开。"一霎，顷刻间、一下子。唐 孟郊《春后雨》诗云："昨夜一霎雨，天意苏羣物。"斜侵，倾斜着落下来。唐 柳宗元《登柳州城楼寄漳汀封连四州》诗云："惊风乱飐芙蓉水，密雨斜侵薜荔墙。"

榴花，石榴花。宋 欧阳修《渔家傲・五月榴花妖艳烘》词云："五月榴花妖艳烘。绿杨带雨垂垂重。"清香，淡淡的香味。南北朝 谢灵运《山居赋》曰："怨清香之难留，矜盛容之易阑。"平水韵下平十二侵。此诗 2019 年 5 月 25 日作于合肥。

合肥已经多日未雨，天气情暖而燠热。那天早晨，一阵骤雨袭来，天气也随之凉爽起来。院子里原本盛开的石榴花也因此而落了一地。不管怎样，人感到舒适了。

闲看花繁

幽深前路寸心宽，灼树红英是合欢。
散逸清香无处觅，花繁湖畔且闲看。

注：幽深，深而幽静，引申为遥远、久远。《易经·系辞上》曰：“无有远近幽深，遂知来物。”前路，前面的道路，比喻以往的岁月或未来的岁月。唐 刘禹锡《游桃源一百韵·其三十一》诗云：“因思人间世，前路何狭窄。”寸心，心事、心愿。唐 钱起《逢侠者》诗云：“寸心言不尽，前路日将斜。” 灼，烧、鲜明透亮。唐 杨衡《寄赠田仓曹湾》诗云：“芳兰媚庭除，灼灼红英舒。”红英，红花。宋 晏殊《采桑子·红英一树春来早》词云：“红英一树春来早，独占芳时。我有心期。”合欢，合欢花。明 袁宏道《古荆篇》诗云：“东风香吐合欢花，落日乌啼相思树。”

散逸，多义，这里指流散、洒脱飘逸。唐 王贞白《洗竹》诗云：“锦箨裁冠添散逸，玉芽修馔称清虚。”闲看，悠闲地观看、欣赏。宋王之道《南乡子·和张元助通判赋雪》词云：“闲看逐风时。欲著梅花又却飞。”平水韵上平十四寒。此诗 2019 年 6 月 9 日作于合肥。

登陟归来

再行登陟暮时还，又见青荷水一湾。
不觉夕阳移影过，空余半月照西山。

注：宋 杨万里《朝天续集和陆务观见贺归馆之韵二首•其一》诗云：“破琴聊再行，新笛正三弄。”登陟，登上、登山。唐 贾岛《易州登龙兴寺楼望郡北高峰》诗云：“何时一登陟，万物皆下顾。”暮时，黄昏、傍晚。唐 刘禹锡《琴曲歌辞•飞鸢操》诗云：“朴樕危巢向暮时，毰毸饱腹蹲枯枝。”青荷，青绿色的荷叶。南朝 齐 谢朓《闲坐》诗云：“紫葵窻外舒。青荷池上出。”水一湾，即一湾水。宋 汪元量《嘉定府》诗云：“郡楼着眼蜀天宽，分得巴江水一湾。”

移影，移动映影。这里指夕阳西下，余晖渐消。元 杨维桢《宫词十二首•其八》诗云：“十二琼楼浸月华，桐花移影上窗纱。”空馀，只剩下。唐 李白《胡无人》诗云：“空馀陇头水，呜咽向人悲。”半月，半亏之月、半个月亮。北周 王褒《从军行》诗云：“平云如阵色，半月类城形。”平水韵上平十五删。此诗 2019 年 6 月 13 日作于合肥。

那天下午我又去爬大蜀山了。此诗记录了我登山归来途中所见的景色以及当时的心情。

夕阳寂寞

满山绿竹入霏微，碧水盈洲鸟倦飞。
一别来晨何日见？夕阳寂寞待云归。

注：满山绿竹，指溧阳南山竹海鸡鸣郜的景色。霏微，蒙蒙细雨、迷蒙貌。宋 辛弃疾《一翦梅·歌罢尊空月坠西》词云：“百花门外，烟翠霏微。绛纱笼烛照于飞。归去来兮。归去来兮。”盈洲，充盈沙洲。宋 陈人杰《沁园春·铙镜游吴中》词云：“橘自盈洲，莸难共器，一榻相看如越秦。”

来晨，次日之晨。唐 沈佺期《奉和春日幸望春宫应制》诗云：“定是风光牵宿醉，来晨复得幸昆明。”夕阳，傍晚的太阳，也比喻人的晚年。唐 白居易《秦中吟》诗云：“朝露贪名利，夕阳忧子孙。”云归，多义，这里指云散又聚。宋 欧阳修《醉翁亭记》曰：“若夫日出而林霏开，云归而岩穴暝，晦明变化者，山间之朝暮也。”平水韵上平五微。此诗2019年6月20日作于溧阳天目湖畔。

曾任5年溧阳县尉的唐代诗人孟郊有诗云：“相逢不知老。”老友相逢，往往如此。然就我们这个岁数的人而言，如果再加上“离别竟白头”一句，此情此景那也就更加贴切了。此诗赠友海彬。

荷花荡

西山云翳露晴空，夕照斜萦夏木中。
湖上风来摇叶绿，小船一荡出莲红。

注：荡，浅湖，同“凼”。宋 杨万里《晓出净慈送林子方二首·其一》诗云：“出得西湖月尚残，荷花荡里柳行间。”云翳，指云。宋 陆游《又明日复作长句自规》诗云：“太空云翳终当散，吾道常如日正中。”斜萦，斜挂。南朝 梁 简文帝《美人晨妆》诗云：“北窗向朝镜，锦帐復斜縈。”夏木，夏天的树木、树林。唐 王维《积雨辋川庄作》诗云：“漠漠水田飞白鹭，阴阴夏木啭黄鹂。”

叶绿和莲红，绿与红都是补语，修饰前面的叶与莲。宋 吴儆《朝中措·代宋仲温上德操》词云：“蘋叶绿，蓼花红。回首功名一梦中。”唐 刘禹锡《刘驸马水亭避暑》诗云：“千竿竹翠数莲红，水阁虚凉玉簟空。”平水韵上平一东。此诗 2019 年 6 月 27 日作于合肥。

那天傍晚我外出散步，见蜀峰湾荷花荡中一名清理水草的作业工人撑一只小船从红绿相间的荷花丛中悄无声息地滑出来，又渐渐远去，仅留下一点涟漪，然后水面复归平镜貌。那种意境恬静而优美。

第二十四章　杂咏

莲子有心

连晴已到出梅时，荷叶无风也弄姿。
莲子有心虽味苦，不妨采下寄相思。

注：连晴，连续晴朗的日子。清 厉鹗《晓望》诗云："半落鸣机月，连晴晒谷天。"出梅，梅雨季节结束。中国江淮一带通常在 7 月 8—12 日出梅。弄姿，做出种种姿态。宋 陈师道《次韵苏公西湖观月听琴并涉颍》诗云："路暗鸟遗音，江清鱼弄姿。"

莲子有心，指莲子心。宋 辛弃疾《哭（匠斤换赣）十五章》诗云："莲花不可见，莲子心独苦。"此诗最后两句取莲子有心以示爱情的寓意。宋 欧阳修《蝶恋花·一掬天和金粉腻》词云："莲子心中，自有深深意。"相思，彼此思念。元 张野《念奴娇·白莲用仲殊韵》词云："谁念玉佩飘零，翠房凄冷，几度相思苦。"平水韵上平四支。此诗 2019 年 7 月 15 日作于合肥。

与南方的红豆一样，莲心虽然苦，但在国人眼里却是一种相思物。那天我见到一个年轻人挽起裤脚、下湖涉水去摘莲蓬，他上岸后将其送给了站在旁边的急切等待的女伴。我见了颇有感触，就写了这首诗。

修心

落红满地独悲秋，好在修心任去留。
注酒盈樽无处醉，浮云遮月为谁愁？

注：落红，一般指落花，也指落下的枫叶。这里指后者。明 高濂《玉簪记•弦里传情》诗云："落叶惊残梦，闲步芳尘数落红。"修心，修养心性。《庄子•田子方》曰："夫子德配天地，而犹假至言以修心。古之君子，孰能脱焉？"

盈樽，倒满酒的酒杯。隋 杨素《山斋独坐赠薛内史》诗云："桂酒徒盈樽，故人不在席。"平水韵下平十一尤。此诗 2018 年 10 月 16 日作于温哥华。

在古人眼里，秋天总是与"悲凉"二字相关联。也许这是一种文化特色吧？据说，最早将秋天比附为悲凉的人可能是战国时期楚国的大诗人宋玉，他在《九辩》中说："悲哉，秋之为气也！萧瑟兮草木摇落而变衰。"之后，曹丕、杜甫等无不以"秋风萧瑟""草木摇落""万里悲秋""百年多病"等词语形容秋天。久而久之，中国文人的悲秋情结也就愈加深厚了。

日暮风尘

无端日暮起风尘，落叶红黄色未泯。
秋末纵然无雨雪，盛衰依旧不由人。

注：无端，无因由，无缘无故。唐 李商隐《锦瑟》诗云：“锦瑟无端五十弦，一弦一柱思华年。”风尘，被风扬起的尘土。唐 王昌龄《从军行七首·其五》诗云：“大漠风尘日色昏，红旗半卷出辕门。”未泯，没有消失。宋 释惟一《颂古三十六首·其一》诗云：“清韵至今犹未泯，江南江北少知音。”

盛衰，兴盛与衰败。宋 司马光《燕台歌》诗云：“万古苍茫空盛衰，燕台贤客姓名谁。”《易经·杂卦》曰：“损益，盛衰之始也。”平水韵上平十一真。此诗 2018 年 10 月 21 日作于温哥华。

日落西楼

日落西楼逐影移，此心愤懑暮云知。
静思未觉玄穹暗，原是天边月隐时。

注：逐影，追逐影子。南北朝 刘缓《江南可采莲》诗云："钗光逐影乱，衣香随逆风。"愤懑，愤慨、不平。南北朝 谢灵运《庐陵王墓下》诗云："道消结愤懑，运开申悲凉。"暮云，黄昏的云。唐 王维《观猎》诗云："回看射雕处，千里暮云平。"

静思，沉静地思考和省察。宋 梅尧臣《送李载之殿丞赴海州榷务》诗云："世事静思同转毂，物华催老剧飞梭。"玄穹，暗色的天空、苍天。魏晋 张华《壮士篇》诗云："长剑横九野，高冠拂玄穹。"月隐，月亮被云或某种物体遮住了。唐 储光羲《同武平一员外游湖五首时武贬金坛令•其四》诗云："舟寻绿水宵将半，月隐青林人未归。"平水韵上平四支。此诗 2019 年 8 月 4 日作于深圳。

在古人心目中，西楼与西窗都是一种独特的意象，常与夕阳、黄昏、暗淡和萧疏等词语相关，蕴含着浓烈的思念与惆怅之情。其实在这首诗里，西楼只是深圳居所西窗外看到的那些摩天楼宇罢了。

自宽

苦雨凄风一片寒，教人总是意阑珊。
枝头红叶虽飘去，独酌无妨且自宽。

注：苦雨，连绵不停的雨。魏晋 陆机《赠尚书郎顾彦先诗二首·其一》诗云："凄风迕时序。苦雨遂成霖。"凄风，寒风。《左传·昭公四年》曰："春无凄风，秋无苦雨。"杜预 注："凄，寒也。"教人，使人。唐 王翰《凉州词·其二》诗云："夜听胡笳折杨柳，教人意气忆长安。"阑珊，衰落、将尽。唐 白居易《咏怀》诗云："白髪满头归得也，诗情酒兴渐阑珊。"

独酌，独饮。唐 李白《月下独酌》诗云："花间一壶酒，独酌无相亲。"无妨，不妨，没关系。唐 司空图《争名》诗云："只此共栖尘外境，无妨亦恋好文时。"自宽，自我宽慰。南北朝 鲍照《拟行路难·其四》诗云："酌酒以自宽，举杯断绝歌路难。"平水韵上平十四寒。此诗 2020 年 1 月 7 日作于合肥。

俗话说，人生不如意事十之八九。然古代一位贤人荣启期提出了"以人为贵""以寿为乐"的理念。孔子听到后则说，"善乎，能自宽者也。"可见在遇到不顺心事时能做到自宽值得提倡。于是便作此诗以记之。

闻歌

平生豪举又如何？自古英雄困顿多。
宴聚南枝终散去，空闻一曲帐中歌。

注：平生，平素、往常。唐 杜甫《梦李白二首•其二》诗云：“出门搔白首，若负平生志。”豪举，指有魄力及阔绰的举动。宋 陆游《病中绝句》诗云：“半脱貂裘雪满鞍，惯将豪举压儒酸。”

宴聚，宴饮聚会。《旧唐书•穆宗纪》曰：“前代名士，良辰宴聚，或清谈赋诗，投壶雅歌，以杯酌献酬，不至於乱。”南枝，靠南边的枝子，也喻温暖舒适的地方。宋 周紫芝《浣溪沙•今岁冬温，近腊无雪，而梅殊未放•戏作浣溪沙三叠，以望发奇秀》词云：“近腊风光一半休。南枝未动北枝愁。”唐 清江《春游司直城西鸕鷀谿别业》诗云：“越客初投分，南枝得寄栖。”

帐中歌，慷慨悲凉之歌。语出《史记•项羽本纪》曰：“项王则夜起，饮帐中。有美人名虞，常幸从；骏马名骓，常骑之。于是项王乃悲歌忼慨，自为诗曰：‘力拔山兮气盖世，时不利兮骓不逝。骓不逝兮可奈何，虞兮虞兮奈若何！’”平水韵下平五歌。此诗 2018 年 11 月 30 日作于温哥华。

男儿

一梦华胥有却无，人生称意在尘途。
若求嘉祉行平等，谁个男儿不丈夫！

注：一梦华胥，成语，指一场梦幻。典出《列子·黄帝》：“（黄帝）昼寝而梦，游于华胥氏之国。华胥氏之国在弇州之西，台州之北，不知斯齐国几千万里；盖非舟车足力之所及，神游而已。”称意，合乎心意。唐 李白《宣州谢朓楼饯别校书叔云》诗云：“人生在世不称意，明朝散发弄扁舟。”尘途，红尘之途，即当下的世俗之路。清 王闿运《与卢生书》曰：“今复絜矩尘途，不易旧辙，……劳而寡绩，困将何言？”

嘉祉，福祉。《国语·周语》曰：“谓其能以嘉祉殷富生物也。”平等，指人们在社会、政治、经济、法律等方面具有相同的地位和权益。清 黄遵宪《纪事》诗云：“红黄白黑种，一律平等视。”男儿，意男子汉。唐 李贺《南园十三首·其五》诗云：“男儿何不带吴钩，收取关山五十州。”丈夫，这里犹言大丈夫，指有所作为的人。唐 孟郊《答姚怤见寄》诗云：“君有丈夫泪，泣人不泣身。”平水韵上平七虞。此诗 2018 年 12 月 9 日作于温哥华。

有美成吟

人生到老弃浮沉，诗赋宣情意更深。
如若心中常有美，运思闻见尽成吟。

注：浮沉，这里喻盛衰、升降以及得意或失意等。南朝 宋 王僧达《答颜延年诗》云："结游略年义，笃顾弃浮沉。"（笃顾，厚念也。）宣情，抒发情感。三国 魏 嵇康《声无哀乐论》曰："歌以叙志，儛以宣情。"南朝 梁 萧衍《咏纸诗》云："皎白如霜雪，方正若布棋。宣情且记事，宁同鱼网时。"

运思，运用心思（多指诗文创作）。唐 陈子良《辨正论序》曰："既有闻持，比专著述，运思之外，汲引无疲。"明 何景明《捣衣》诗云："灯前挥妙匹，运思一何深！" 闻见，所闻所见。宋 张九成《论语绝句一百首·其一》诗云："不因闻见得心传，此理於吾甚晓然。"成吟，吟哦成诗。唐 钱珝《江行无题一百首·其四十》诗云："秋风动客心，寂寂不成吟。"平水韵下平十二侵。此诗 2018 年 12 月 17 日作于温哥华。

前些时日有朋友说，心中有美的人方能写出美好的诗词。对此我表示赞同。这首诗或许可以说明这一点。

风流未必是英雄

寂寞平生好究穷，风流未必是英雄。
一声高亢孤鸿远，欲唤春回唱九风。

注：寂寞，多义，这里指淡泊、清静、恬淡。《淮南子•原道训》曰："其魂不躁，其神不娆，湫漻寂寞，为天下枭。"高诱 注："寂寞，恬淡也。"唐 李白《将近酒》诗云："古来圣贤皆寂寞，惟有饮者留其名。"究穷，穷究，深入探研。唐 韩愈《上兵部李侍郎书》曰："性本好文章，因困厄悲愁，无所告语，遂得究穷於经传史传百家之说。"风流，多义，这里指杰出不凡之人物。明 李贽《藏书•儒臣传八•苏轼》曰："古今风流，宋有子瞻，唐有太白，晋有东山，本无几也。"

高亢，声调或情绪高昂、激动。宋 林逋《隐居秋日》诗云："高亢可能称独行，穷空犹拟赖斯文。"孤鸿，孤单的鸿雁。三国 魏 阮籍《咏怀八十二首•其一》诗云："孤鸿号外野，翔鸟鸣北林。"九风，喻有关国运的九种社会动向。汉 荀悦《申鉴•政体》曰："惟察九风，以定国常。一曰治，二曰衰，三曰弱，四曰乖，五曰乱，六曰荒，七曰叛，八曰危，九曰亡。"平水韵上平一东。此诗 2019 年 2 月 28 日作于温哥华。

渐老

此花色白彼花红，况是人生更不同。
渐老谁知心甚炽，烦忧尽在一壶中。

注：此花和彼花，这里指湖里到处盛开的荷花。况是，何况是。唐 李贺《将进酒》诗云：“况是青春日将暮，桃花乱落如红雨。”人生，人的一生。唐 韩愈《合江亭》诗云：“人生诚无几，事往悲岂那。”

渐老，慢慢老了。唐 王建《早春书情》诗云：“渐老风光不著人，花溪柳陌早逢春。近来行到门前少，趁暖闲眠似病人。”炽，旺盛、炽烈。《说文》曰：“炽，盛也。”唐 元稹《代曲江老人百韵（年十六时作）》诗云：“沃土心逾炽，豪家礼渐湮。”烦忧，烦恼忧愁。唐 李白《宣州谢朓楼饯别校书叔云》诗云：“弃我去者，昨日之日不可留；乱我心者，今日之日多烦忧。”一壶，这里指一壶酒或茶。唐 储光羲《田家杂兴八首·其二》诗云：“日与南山老，兀然倾一壶。”平水韵上平一东。此诗 2019 年 7 月 19 日作于合肥。

古人写过不少关于渐老的诗词，白居易还专门写过一首题为《渐老》的诗。其实，每个人都会老的，就看怎么个老法了。

闲中滋味

林密湖清入夏深，水华落去酿莲心。
何人可解闲中味？路尽欣然听鸟音。

注：入夏深，指进入了小暑过后的盛夏。宋 陈与义《夏至日与太学同舍会葆真二首·其一》诗云："林密知夏深，仰看天离离。"水华，荷花别称。唐 许浑《晨起白云楼寄龙兴江准上人兼呈窦秀才》诗云："山翠万重当槛出，水华千里抱城来。"莲心，莲子心，也指莲蓬。宋 辛弃疾《卜算子·为人赋荷花》词云："根底藕丝长，花里莲心苦。"宋 周邦彦《南乡子·秋气绕城闉》词云："应是采莲闲伴侣，相寻。收取莲心与旧人。"

闲中，闲暇之中。宋 陆游《闲中》诗云："闲中高趣傲羲皇，身卧维摩示病床。"路尽，路的尽头。宋 欧阳修《罢官后初还襄城弊居述怀十韵回寄洛中旧寮》诗云："路尽见家山，欣然望吾庐。"平水韵下平十二侵。此诗 2019 年 7 月 10 日作于合肥。

陆游一生写了 27 首题目中带有"闲中"字样的诗，仅《闲中自咏》《闲中戏书》和《闲中富贵》等就各有好几首，真可谓闲中大师也。而我则是第一次写这种诗，个中滋味就请各位自行品尝吧。

求仁得仁

野外山花正放春，寻幽拂袖掸京尘。
一桩小事平常看，世上求仁总得仁。

注：放春，春天花木萌发生长。唐 杜甫《留别公安太易沙门》诗云："沙村白雪仍含冻，江县红梅已放春。"寻幽，寻求幽胜，探寻深奥事理。这里喻探寻真理。唐 李白《寻高凤石门山中元丹丘》诗云："寻幽无前期，乘兴不觉远。"掸，用力拂去。宋 邵雍《游山三首·其二》诗云："休掸烟岚虽远处，且乘筋力未衰时。"京尘，京洛尘，这里比喻功名利禄等尘俗之事。宋 陆游《萧山》诗云："素衣已免染京尘，一笑江边整幅巾。"

求仁得仁，指求仁德便得到仁德，无愧于心便没有什么可以遗憾的，亦指比喻理想和愿望实现。典出《论语·述而》："求仁而得仁，又何怨？"平水韵上平十一真。此诗 2019 年 3 月 26 日作于合肥。

冷月无声

寂寞灯窗树影斜，空庭幽处感年华。
闻香不觉秋将尽，冷月无声照落花。

注：灯窗，窗前灯下，指读书之所。宋 张栻《和定叟送行韵》诗云："但欲灯窗共，其如事役牵。"空庭，空寂的庭院。唐 刘长卿《客舍喜郑三见寄》诗云："穷巷无人鸟雀闲，空庭新雨莓苔绿。"幽处，幽深之处。宋 王禹偁《迂儒》诗云："漠漠花侵眼，萧萧发映梳。唯当早休去，幽处卜吾庐。"年华，年纪、岁月。宋 苏轼《望江南・超然台作》词云："休对故人思故国，且将新火试新茶。诗酒趁年华。"

将尽，快要结束了。唐 李季兰《琴曲歌辞・三峡流泉歌》诗云："回湍曲濑势将尽，时复滴沥平沙中。"冷月，（秋冬的）月亮，月光给人以清冷之感。陈寅恪《追忆游挪威诗 易卜生墓》诗云："疏星冷月全天趣，白雪沧波缀国妆。"平水韵下平六麻。此诗 2019 年 10 月 19 日作于合肥。

转眼就到秋末，早晚寒气逼人。迟开的桂花虽然依旧芬芳馥郁，但很快就开始零落了。天香依旧，时令难违也。其实很多时候，人生何尝不是如此？

澹荡上苍霞

湖边小径入汀葭，翠绿丛中忽见花。
一缕清香无处著，随风澹荡上苍霞。

注：汀葭，水边的芦苇。南朝 齐 谢朓《休沐重还丹阳道中》诗云：“汀葭稍靡靡，江菼复依依。”翠绿色，明亮的绿色，或泛指绿色。宋 牟巘五《送屠存博教授溧水》诗云：“只应翠绿迎人意，岁月功名正好看。”

著，意着落、依附。宋 袁去华《减字木兰花•梅》词云：“黄昏院落。细细清香无处著。”澹荡，淡泊闲适。宋 陆游《春晚风雨中作》诗云：“颓然耐辱君无怪，元是人间澹荡人。”苍霞，指青云，暗喻指青云之士或隐居。唐 韩愈《读东方朔杂事》诗云：“一旦不辞诀，摄身凌苍霞。”宋 王安石《示安大师》诗云：“道人深北山为家，宴坐白露眠苍霞。”平水韵下平六麻。此诗 2019 年 5 月 12 日作于合肥。

傍晚在湖边散步时，我看到芦苇丛中居然夹杂生长着很多色彩艳丽的鸢尾花，周围香气浮沉，惊讶之余，感慨顿生，于是就吟哦了这首诗。

浮生尘事多

西天深碧月如钩，隔水鸣蝉不肯休。
谁谓浮生无苦恼？诸多尘事上心头。

注：深碧，深蓝色。宋 倪偁《南歌子·积水凝深碧》词云：“积水凝深碧，斜阳散满红。”隔水，隔着一条河或池水。宋 郑獬《吕稚卿唐彦范并赋游西池亦成菲句》诗云：“游人应解笑狂客，隔水映花闻语声。”鸣蝉，鸣叫的蝉。唐 李商隐《乐游原》诗云：“万树鸣蝉隔岸虹，乐游原上有西风。”

谁谓，谁说。明 刘基《梁甫吟》诗云：“谁谓秋月明？蔽之不必一尺翳。”浮生，古代老庄学派认为人生在世空虚无定，也无烦恼，故称人生为浮生。唐 元稹《酬哥舒大少府寄同年科第》诗云：“自言行乐朝朝是，岂料浮生渐渐忙。”尘事，世俗之事，这里喻指家国之事。东晋 陶渊明《辛丑岁七月赴假还江陵夜行涂口》诗云：“闲居三十载，遂与尘事冥。”平水韵下平十一尤。此诗 2019 年 7 月 6 日作于合肥。

农历初三的晚上，西天之上难得地出现了一弯钩月。弯月不仅代表着恬静、安逸和美好，也代表着不足、欠缺和希望。这就是最后那句“诸多尘事上心头”的诗意所在呀。

第二十五章　抗疫吟

武汉、武汉

龟山脚下总关情，黄鹤楼前逝水惊。
惟愿楚天风雨止，荆歌一曲赏新晴。

注：关情，动心、牵动情怀。宋 陆游《浣溪沙•和无咎韵》词云："懒向沙头醉玉瓶，唤君同赏小窗明。夕阳吹角最关情。"龟山和黄鹤楼，均喻指武汉。逝水，一去不返的流水，这里喻指过去的日子。唐 元稹《江陵三梦》诗云："逝水良已矣，行云安在哉。"

楚天，指古代楚国，即今湖北一带。唐 杜荀鹤《闻子规》诗云："楚天空阔月成轮，蜀魄声声似告人。"荆歌，荆州一带的民歌。唐 刘方平《采莲曲》诗云："落日清江里，荆歌艳楚腰。"新晴，刚放晴的天气。这里喻指武汉人成功抗击并最终战胜新型病毒肺炎恶魔。唐 白居易《新秋夜雨》诗云："新晴好天气，谁伴老人游？"平水韵下平八庚。此诗 2020 年 1 月 25 日庚子年初一作于合肥。

现在打开手机就是武汉、武汉！武汉人牵动了世人的心。新年为武汉祈祷吧，武汉人挺住！特赋此诗而记之。

飞雪多情

飞雪多情似故人，无声飘洒抑纤尘。
此时天地皆霜白，自顾方知落满身。

注：多情，富裕感情，这里是比喻。唐 何兆《玉蕊花》诗云：“惟有多情天上雪，好风吹上绿云鬟。”故人，旧交、老朋友。唐 温庭筠《山中与诸道友夜坐闻边防不宁因示同志》诗云：“心许故人知此意，古来知者竟谁人。”纤尘，微尘、微细污垢。这里喻指新型冠状病毒。宋 毛滂《武陵春·正月十四日夜孙使君席上观雪，继而月复明》词云：“剩落瑶花衫月明。嫌怕有纤尘。”

霜白，犹雪白。宋 向子諲《菩萨蛮·娟娟明月如霜白》词云：“娟娟明月如霜白。鳌山可是蓬山隔。”自顾，自视、自念。唐 卢纶《孤松吟酬浑赞善》诗云：“捧君青松曲，自顾同衰木。曲罢不相亲，深山头白人。”平水韵上平十一真。此诗 2020 年 1 月 26 日作于合肥。

合肥又下雪了，接近傍晚时分雪下得越来越大。我忍不住又来到了居所西门外的湖边观雪，还惊动了一群跑到岸上觅食的水鸡。这首诗记录了当时的雪景及其在我心中触发的情感。

一曲牵愁

怎奈牵愁著此身？听歌一曲自沾巾。
虽云举世皆风雨，最苦如今是楚人。

注：怎奈，奈何、无奈。宋 杜安世《菊花新·怎奈花残又莺老》词云："怎奈花残又莺老。槛里青梅数枝小。新荷长池沼。"牵愁，牵动愁绪。唐 白居易《春江闲步，赠张山人》诗云："江景又妍和，牵愁发浩歌。"著，多义，这里读酌，指附加。宋 陆游《卜算子·咏梅》词云："已是黄昏独自愁，更著风和雨。"沾巾，泪水沾湿手巾。唐 王勃《送杜少府之任蜀州》诗云："无为在歧路，儿女共沾巾。"

举世，普天下。宋 陆游《蹭蹬》诗云："鱼梁东畔牛栏北，举世谁能识此悲？"楚人，原指春秋战国时楚国之人，这里指湖北人，尤其是武汉人。唐 戴叔伦《和尉迟侍郎夏杪闻蝉》诗云："楚人方苦热，柱史独闻蝉。"

今天听了新加坡音乐人 Alvin Oon 制作的鼓舞世人与武汉新型病毒疫情抗争的歌曲《Fight the Virus》（与病毒战斗），再想到正在与病魔作斗争的武汉人，心中感触良多，经久难息，就写了这首诗。

新愁

一场变故在斯须，荆楚如今叹畏途。
为问新愁添几许，不知何日秽尘无？

注：变故，意外发生的变化、事故或灾难。斯须，片刻，一会儿。此句脱胎于东汉 魏晋 曹植《赠白马王彪•并序》一诗："变故在斯须，百年谁能持？"荆楚，古域指湖北一地。宋 欧阳修《夷陵岁暮书事呈元珍表臣》诗云："荆楚先贤多胜迹，不辞携酒问邻翁。"畏途，限额艰难的路途，喻指危险可怕人们不敢去的地方。唐 李白《蜀道难》诗云："问君西游何时还？畏途巉岩不可攀。"

为问，想问、想知道。宋 黄庭坚《答王晦之见寄》诗云："故人别来少书信，为问故人今若何。"新愁，新添的忧愁。宋 晁说之《新愁》诗云："宿怅故难遣，新愁岂易安。"秽尘，污染和污染之物。这里喻指新冠病毒。《三国志•吴志•陆凯传》曰："何以专为佞邪，秽尘天听？宜自改厉。"平水韵上平七虞。此诗 2020 年 2 月 2 日作于合肥。

今报道，全国已确诊新型病毒肺炎（COVID–19）患者高达 2 万多人，还有数以万计疑似病例。这距离武汉市封城至今仅 14 天。全国数亿国人则自我隔离于家中。每思及此，悲愤难抑，欲问上天，特赋此诗。

可叹

桃源惊觉已无多，世上如今泛楚波。
可叹国人难彻悟，心忧一醉奈情何？

注：桃源，桃花源简称，这里喻指可以躲避灾难的场所。明 张煌言《赠卢牧舟大司马》诗云：“并州正有来苏望，忽说桃源可避秦。”泛，这里意泛滥。楚波，楚地的江河湖泽，喻指发端于武汉的COVID-19病毒肺炎肆虐全国。唐 韦庄《又闻湖南荆渚相次陷没》诗云：“尸填汉水连荆阜，血染湘云接楚波。”

彻悟，彻底醒悟，有反思的意思。宋 陆游《初归杂咏·其六》诗云：“老入鹓行方彻悟，一官何处不徒劳。”心忧，心里忧虑。《诗经·黍离》云：“知我者谓我心忧，不知我者谓我何求。”奈情何，有情义又奈其何。宋 晏几道《生查子·轻匀两脸花》词云：“无计奈情何，且醉金杯酒。”平水韵下平五歌。此诗2020年2月7日作于合肥。

2019年12月30日发出新型肺炎疫情预警的李文亮医生不幸去世了。谨以此诗沉痛悼念李文亮先生！

隔别

隔别何来自在身？出门掩面避空尘。
神州多少繁华处，尽日街头不见人。

注：隔别，分开、隔离。宋 张来《少年游·含羞倚醉不成歌》诗云："相见时稀隔别多。又春尽、奈愁何。"自在身，佛教语。谓心离烦恼、舒适自在的身躯。唐 白居易《池上闲吟二首》之一："高卧闲行自在身，池边六见柳条新。"掩面，遮住面孔，这里喻指戴口罩。宋 周邦彦《风流子·大石秋怨·秋景》词云："亭皋分襟地，难拚处、偏是掩面牵衣。"空尘，飞尘，这里喻指COVID-19病毒。唐 澹交《写真》诗云："水花凝幻质，墨彩染空尘。堪笑予兼尔，俱为未了人。"

尽日，终日。宋 陆游《春日园中作》诗云："杏花开过尚轻寒，尽日无人独倚阑。"平水韵上平十一真。此诗2020年2月7日作于合肥。

遭遇非常时期，人皆自我隔离。今天开车出门转了两圈，只见街市门店紧闭，落叶满地，一派萧条冷落。偶有行人，尽皆口罩掩面，匆匆而过。见此隔别之景，心生悱恻之情。特赋此诗以记之。

萦心

一片萦心逐水流，烟笼江汉使人忧。
看花原为消伤绪，陌上飘红更觉愁。

注：萦心，牵挂于心。宋 魏野《和臧奎秋夜书怀》诗云："四时催老秋偏感，万事萦心夜更劳。"烟笼，形容烟雾很大，这里喻指COVID-19瘴疠。宋 方千里《还京乐・岁华惯》词云："谁怜露浥烟笼，尽栽培、艳桃秾李。谩萦牵，空坐隔千山，情遥万水。"江汉，湖北武汉一带。唐 韦应物《淮上喜会梁川故人》诗云："江汉曾为客，相逢每醉还。"

伤绪，犹伤怀。明 高启《春草轩雨中怀王太史》诗："对此阙良俦，当欢反伤绪。"飘红，变得一片红、满堂红。这里指院子里小路边的茶花居然盛开了。宋 赵令畤《蝶恋花・卷絮风头寒欲尽》词云："卷絮风头寒欲尽。坠粉飘红，日日香成阵。"平水韵下平十一尤。此诗2020年2月10日作于合肥。

湖北尤其是武汉COVID-19疫情依旧严重，各地支援的医护人员络绎不绝，心里很钦佩他们，也担心他们的安危，可惜自己又力不能及，作此诗以记之。

是非

往昔繁华见式微，如今诸夏秽尘飞。
山河失色风情去，何不容人问是非？

注：式微，衰微、衰败。《诗•邶风•式微》云：“式微，式微，胡不归。”朱熹集传：“式，发语辞。微，犹衰也。”诸夏，指中国。宋 苏轼《大行太皇太后高氏挽词二首•其一》诗云：“却狄安诸夏，先王社稷臣。”秽尘，污染，这里喻指新冠病毒肆虐。《三国志•吴志•陆凯传》曰：“何以专为佞邪，秽尘天听？宜自改厉。”

失色，失去颜色或本来的光彩，变色。宋 王安石《和冲卿雪诗并示持国》诗云：“争光姮娥妒，失色羲和恐。”风情，风采、神情。唐 白居易《编集拙诗成一十五卷因题卷末戏赠元九李二十》诗云：“一篇《长恨》有风情，十首《秦吟》近正声。”是非，褒贬、评论。宋 苏轼《刘壮舆长官是是堂》诗云：“闲燕言仁义，是非安可无！”平水韵上平五微。此诗 2020 年 2 月 12 日作于合肥。

是次新冠肺炎疫情除让武汉民众遭受苦难之外，还让我国经济和社会发展遭遇极大之困境，人们有权利去追问各种各样的问题。套用苏轼老先生的话就是，灾难虽然有，“是非安可无？”

愁蹙

重嗟往事寂寥身，尽日窗前隔世尘。
昨起惊雷今又雪，楚乡愁蹙白头人。

注：重嗟，再次嗟叹。唐 元结《演兴四首·讼木魅》诗云：“重嗟惋兮何补，每齐心以精意。”寂寥，多义，这里指恬静、淡泊。唐白居易《东亭闲望》诗云：“东亭尽日坐，谁伴寂寥身。”世尘，世俗的事务。唐 元稹《四皓庙》诗云：“先生相将去，不复婴世尘。”

楚乡，楚地，指湖北武汉一带。宋 苏轼《竹枝歌》诗云：“故国凄凉人事改，楚乡千古为悲歌。”愁蹙，忧愁迫促。宋 蔡伸《念奴娇·岁华畹晚》词云：“不如不见，为君一味愁蹙。”白头人，老年人，这里自喻。唐 杜甫《江畔独步寻花七绝句·其二》诗云：“诗酒尚堪驱使在，未须料理白头人。”平水韵上平十一真。此诗 2020 年 2 月 15 日作于合肥桂花园。

昨日突起闪电惊雷，然此时窗外又是大雪纷飞。自我隔绝在家已 20 多天了，甚感寂寞，然武汉疫情却总让人牵挂不已。赋诗以记之。

楚歌

风静林空水自波，一庭残雪已无多。
不知何故人常恼，怕在樽前听楚歌。

注：林空，树林的叶子落尽了。宋 欧阳修《於刘功曹家见杨直讲女奴弹琵琶戏作呈圣俞》诗云："林空山静啄愈响。行人举头飞鸟惊。"自波，自行起波浪。明 张邦奇《冬日杂咏三首•其一》诗云："落叶打尊盎，空山酒自波。"一庭，满庭。宋 赵师秀《月夜怀徐照》诗云："月色一庭深，迢遥千里心。"无多，没有多少、不多了。宋 曾几《挽焦适道寺丞二首•其一》诗云："交游虽不乏，耆旧已无多。"

樽前，酒樽（杯）之前。宋 黄庭坚《戏赠南安倅柳朝散》诗云："桃李能言妙歌舞，樽前一曲断人肠。"楚歌，古时楚地的歌曲。这里喻指来自湖北和武汉的不幸消息。宋 无名氏《虞美人•帐中草草军情变》词云："褫衣推枕怆离情，远风吹下楚歌声，正三更。"平水韵下平五歌。此诗 2020 年 2 月 17 日作于合肥桂花园。

近日听说了不少有关武汉那边新冠疫情严酷情况及其因相关方面应对失策造成的人间悲剧故事，心下凄然也。赋此诗而记之。

劫波

纵心追忆总成文，时有悲音不欲闻。
江汉劫波犹未歇，惟期早日净埃氛。

注：纵心，纵任心意。魏晋 陶渊明《庚子岁五月中从都还阻风于规林·其二》诗云："当年讵有几，纵心复何疑！"成文，形成文字或写成文章。宋 张纲《临江仙·次韵陈少阳重九泛》词云："登高宜有赋，拈笔戏成文。"悲音，悲伤的声音，这里喻指令人悲伤的消息。两汉 王粲《七哀诗三首·其二》诗云："丝桐感人情，为我发悲音。"

劫波，佛教语，意为劫难。近代 鲁迅《题三义塔》诗云："度尽劫波兄弟在，相逢一笑泯恩仇。"未歇，没有止息。宋 柳永《玉楼春·五之五·大石调》词云："别来也拟不思量，争奈余香犹未歇。"埃氛，尘埃弥漫的大气，这里喻指新冠病毒。唐 独孤申叔《终南精舍月中闻磬》诗云："精庐残夜景，天宇灭埃氛。"平水韵上平十二文。此诗 2020 年 2 月 19 日作于合肥桂花园。

举国抗疫以来，确诊和疑似病例数均大幅回落，这表明 2020 年春的这场抗击新冠疫情的举措已经取得了决定性的成果。自己宅家期间，或辑录和撰写文章，或心有感触，情之所至，则吟诗以记也。